LOCUS

LOCUS

LOCUS

LOCUS

在時間裡，散步

walk

walk 032

山獸與雜魚

作者　林敬峰
插畫　林敬峰
客座主編　古碧玲
責任編輯　張晁銘
台語文審訂　周俊廷
美術設計　萬向欣
內頁排版　何萍萍、陳政佑
校對　吳美滿

出版者　大塊文化出版股份有限公司
105022台北市松山區南京東路四段25號11樓
www.locuspublishing.com
locus@locuspublishing.com
服務專線　0800-006-689
電話　02-87123898
傳真　02-87123897
郵政劃撥帳號　18955675
戶名　大塊文化出版股份有限公司
法律顧問　董安丹律師、顧慕堯律師

總經銷　大和書報圖書股份有限公司
新北市新莊區五工五路2號
電話　02-89902588
傳真　02-22901658

初版一刷　2024年2月
定價　420元
ISBN　978-626-7388-27-3
Printed in Taiwan.

山獸與雜魚

Bycatch and Wildlife

林敬峰

目錄 Content

啟

Start

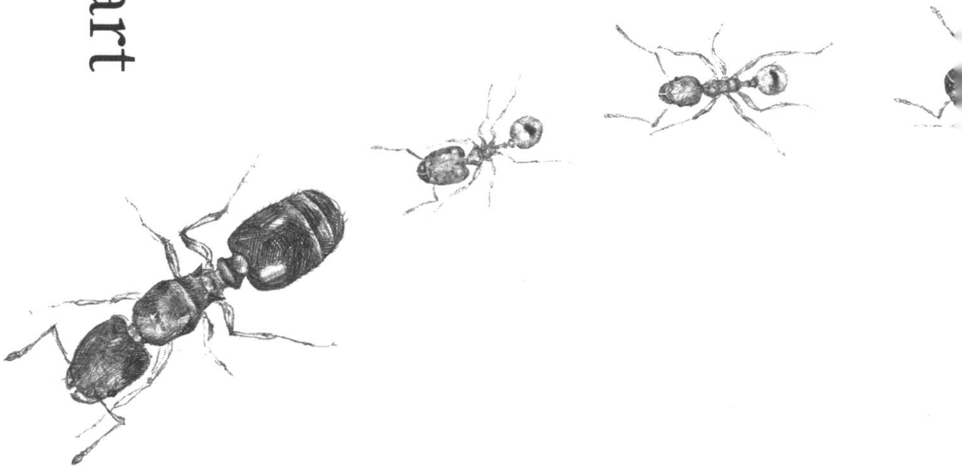

我的異業

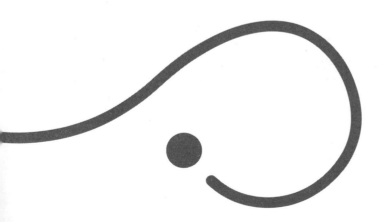

自動門無聲地滑開，我走進深夜的一間居酒屋。畫展撤場剛結束，這頓消夜由老闆請客，我小心翼翼，拿個只有兩頁的菜單前後翻著，點了上面最便宜的兩道菜：烤香菇和冷豆腐。

老闆剛剛在抽菸，遲我一步走進餐館坐定，她是一名幹練的女子，在此之前已經有兩次合作經驗——說是合作，充其量我只是個搬重物的粗工罷了。居酒屋的吧檯前，按照老闆、我、初次見面的同事的順序排列。

「來吧，介紹一下你自己，她還不認識你呢。」老闆這樣說。前幾次一起工作時，她已經摸清了我的大小異業，把這視為有趣的飯桌話題。

「我現在讀北藝大。啊。對。不不不，不是板橋那個，我們是在關渡。國立臺北藝術大學，劇場設計學系，主修服裝設計。」

「對，我讀劇場。不是，我不用上臺演戲，我不是演員，我只是做設計的，做幕後的工作。」

一陣慌亂之後，我終於解釋清楚，我實在不習慣成為餐桌話題的焦點。

「談談你的異業吧。」老闆這麼說，饒富興致地看著我。

首先，我會去山上。

我會在山林間閒晃，跟隨山勢、水流、獸跡、獵徑、鄉野傳說。

我會架設紅外線自動相機，窺視山林中跑跳的飛禽走獸，用角互牴的山羌、攜帶子嗣的食蟹獴，還有瞪著鏡頭瘋狂啄啄啄啄到相機掉下來的紫嘯鶇。

我會賞螞蟻，就像賞鳥人一樣，我在山上總是被這些行動有序的昆蟲吸引，蹲在地上或趴在樹上看著牠們的整齊隊列。

還有很偶爾的，我會跟著實驗室出野外，當當調查案裡的苦力背工。

再來，我會去海邊，確切的說，是去漁港。

我在拍賣市場中聽糶手喊價的生猛語言，一百二十二十二十二十二十十五十五十五十五十五，我只能拙口笨舌地模仿。

我在定置漁場的港邊看著漁船卸魚，銀光燦燦的魚隻滑在地上，在人群中我擠啊搶啊，撿起一條印魚，一名老伯把印魚從我手中奪走，扔進海裡，「這歹食。」他說。

我在拖網漁港的下雜魚區和處理下雜的大哥揮手打招呼，然後掛上橡膠手套，把手伸進滿是死魚的籃子裡翻找，尋找稀少罕見的魚隻做為標本。

然後，我會做標本。

有幸在集集的特有生物研究保育中心實習，學習過哺乳類的剝製棒式標本製作，看過各種動物各種屠體上的各種死狀。

之後偶爾會在臺灣大學動物博物館做志工，繼續解剖、剝皮。

前前後後，大概處理過五十來隻野生動物的屍體吧，我想。這絕對不是什麼大數字。

最後，我想我可以說，我會寫作吧。既然這本書存在於此。

我只是很純粹的，把我看到的、聽到的、碰到的世界，摻夾一些個人的奇思異想，書寫成文。

「什麼鬼？」同事聽完一臉困惑。

「看吧，這傢伙真的不知道是什麼情況，讀什麼藝術大學啊你？」老闆也附和。

「我我我我我也不知道。」我只要一緊張講話就會結巴，成為餐桌話題肯定是最讓我緊張的事件之一。「我只是只是只是想做什麼事，有機會去做，我就就就去做了。」

「那你一開始怎麼會想去做這些事呢？」老闆追問。

「呃……因為……爽？」

「這不是你真正的答案。」老闆搖頭。

「因為……我覺得我有了解我想了解的事物的權利，即使書籍上、網路上有很多的資料可以查詢，可以讓我『知道』很全面的資訊，但我還是追求親臨現場，用自己的感官體會，尋找每一次全新的遭遇——無論是和山獸、雜魚，還是形形色色的人物。而書寫，只是一種溝通，一種分享，一種對於田野文本再詮釋的方式。」我一口氣講了一大串話。

老闆終於放過我，讓我可以低下頭去，埋頭扒著我的冷豆腐。話題離開了我，但還在繼續，聊著聊著聊回了工作的事情。

「明天在高雄裝車，然後去苗栗卸車。卸完車，你要回學校嗎？」老闆問我。

「要，明天還要上課。」

「好喔，那我就幫你買苗栗到臺北車站的車票囉。」

啓程

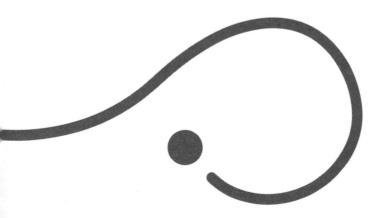

對於初到臺北生活的人而言，臺北車站是個負責開始的地方。這是一個假鏡框★，包辦了幕啟前人們的想像。這裡燈火通明，錯綜複雜，容納了各式各樣的人：旅人和行人、遊客和遊民、老闆和勞工、打網球的老頭和打赤膊的小孩、外國人和外勞。這似乎暗示著這個城市的複雜，在真正開始之前，先用盡手段將人震懾。

我又在臺北車站迷路了，那些橫七豎八的箭號，一個個的推擠著我，把我塞進一條發光的過道。

過道的兩側有嵌燈的看板，大圖輸出的彩色照片陳列臺北的景點，每張圖都伴著一行小字，慫恿著人們旅行。

「真正的旅人，永遠不會在旅途中有所設限。」

「人生就是一場旅行。」

「不管是什麼樣的旅行，困難的？或簡單的？他們對你，各自有意義。」

其中一行引起我的注意。「旅行，用耳朵聽不如用眼睛看。」它這麼寫著，我冷笑一聲，哼，屁話。

旅行從來就是為了轉述吧，我喜歡當一個故事的講述者，但更樂意做一介虔誠的聽眾，在他人的口中尋找未曾見過的世界。然後妄想總有一天，能追隨前人的腳步，見證故事中曾令人感動而醉心的文字。

於是在老獵人的故事中，我揹上一支獵槍，披著夜色，潛入夜晚的林中。頭燈掃射，照出樹木鬼影搖曳，和兩枚發亮的眼珠。獵槍上膛、發射，子彈擊中獵物，從後肩竄入，擦過骨骼，震碎迷走神經叢，山羌毫無察覺，便已癱倒在地。

或是在研究員的故事中，我乘著研究船駛離陸地，在一片汪洋中垂下巨幅的漁網，拖過三千公尺深的海床。在隨著魚網登船的那一堆汙泥中，我淘洗翻攪，拉出了一條烏黑的大物，一條出沒於地球深處的合鰓鰻。

在標本師的故事裡，我化作一葉鋒利的手術刀片，乘著那隻粗獷卻細膩的手，挑破動物毛皮，在鮮血、肌肉、骨骼、內臟、脂肪之間游動，一吋又一吋，褪下一張野獸毛皮，顯露一具悲傷的暗紅色屠體。

「你會喜歡什麼禮物啊？」朋友問我，我們走在臺北車站的人流中，一起迷了路。

我笑了笑，吃的太無趣，卡片太可以預期，玩偶擺飾嘛，我自己就足夠擅長用各種雜物堆滿我所處的空間了，請容我先謝絕你的好意。

「送我一個座標吧。」我說。

沒錯，一個座標，一個你鍾愛的、典藏在記憶中的座標。那會是一球蟻窩、一簇菅芒、一棵鳥棲的樹、一汪魚游的水、一處黝黑深邃的劇場後臺。啊，對，得是一片蔓生芒萁的向陽坡，總有一天我會撥開草木，站立於你曾經站立之處，砍下蕨莖、剝開硬鞘、抽出幼綠色的心，縝密地編織，成網成繩，成一個提物的袋子，讓我可以追著你的足跡，撿拾你的回憶碎片，裝進袋中，回到傳說開始的篝火邊，把故事中你我的重影，分送給所有聽眾。

★註：在鏡框式舞臺的臺口，因應戲劇而額外製作，外加於劇場的鏡框之外的，契合戲劇的內容或美學風格的布景，用以帶領觀眾穿越傳送門看到鏡框內的世界。

源與緣

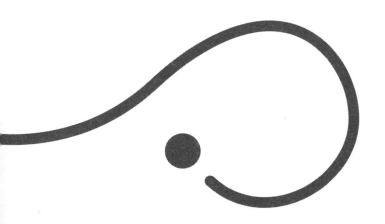

瀑布的上面是什麼呢？我從一處瀑潭中起身，甩掉臉上的水滴，一邊尿尿一邊想。

上面總得有些什麼吧？不可能平白無故有這麼多的水可以流走，上面有上面，上面的上面也有上面，在一切的一切的源頭，又有什麼呢？

我無法想像。

回頭望向溪流的下游，空中懸著紅日一輪，漸漸西沉要觸到跨溪的橋。我大約就是從那裡開始徒步上溯的，一路上跌跌撞撞，倒也走了這麼遠。

這座瀑布可以算是一切的起點吧，因為一次無聊的山林遊蕩，而發現了隱密的它，從此它便成為了我閒暇時時常造訪的一處秘境。在此處我看溪魚逐浪、聽赤蛙鳴叫、用望遠鏡追趕山鳥、架自動相機監視走獸、採蕨為繩、劈竹做鼓，更細數了二十二種螞蟻，一路從土壤數到樹梢。

有次在瀑布旁發現了兩隻死亡的臺灣野山羊，一隻只剩白骨森森，一隻還披著布滿癬疥的毛皮，還有四方湧入的蜂、蠅、蟻、埋葬蟲。

因為死羊而通報了特有生物研究保育中心、因為通報而認識了特生中心的兩位前輩、因為兩位前輩而有幸參觀特生中心的標本室、因為這次的參觀而認識了動物組組長。

事件如溪水，涓滴，匯流，源自不可見的山，沖向無可期的海，我在特生中心的標本室如此異想。

標本室有頂天的鐵櫃，如一冊龐大的書，而組長是說書的人，細數每一幀書頁，重現那挖土的貛、磨爪的熊、滑翔的飛鼠，擺腰的水鼩。

「你也可以申請我們這邊的暑期實習啊，來做標本。」組長關上鐵櫃，這樣對我說。

一年半後，我又重返集集，這條溪終究把我帶到這裡。

持刀剪鑷子，我戰戰兢兢切下第一刀、第二刀、然後是越發熟練的第三刀，就物理層面的「深入了解」那些在野地驚鴻一瞥的動物。

我臣服於所有的源，也臣服於所有的緣，源與緣互相加註，並共同形塑我，讓我得以站在標本工作室，用與過往不同的視角，檢視跑跳的眾生。

註一：臺灣野山羊爲三級保育類動物，已交予公家單位典藏，非私人持有。

註二：特有生物保育中心已於二〇二三年八月一日更名爲農業部生物多樣性研究所，但實習與書寫時間尚未更名，因此文中仍沿用舊名。

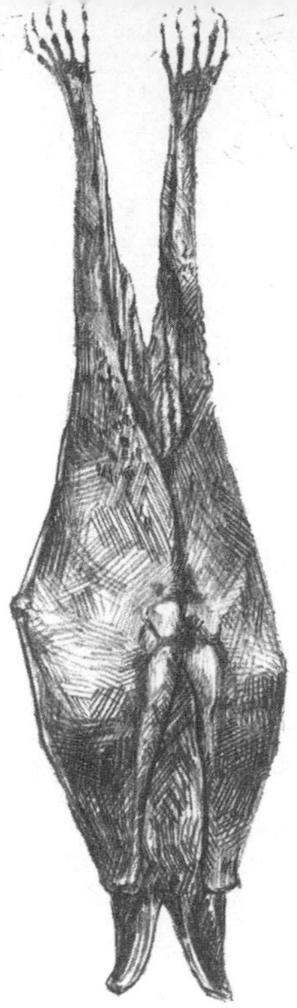

山

Mountain

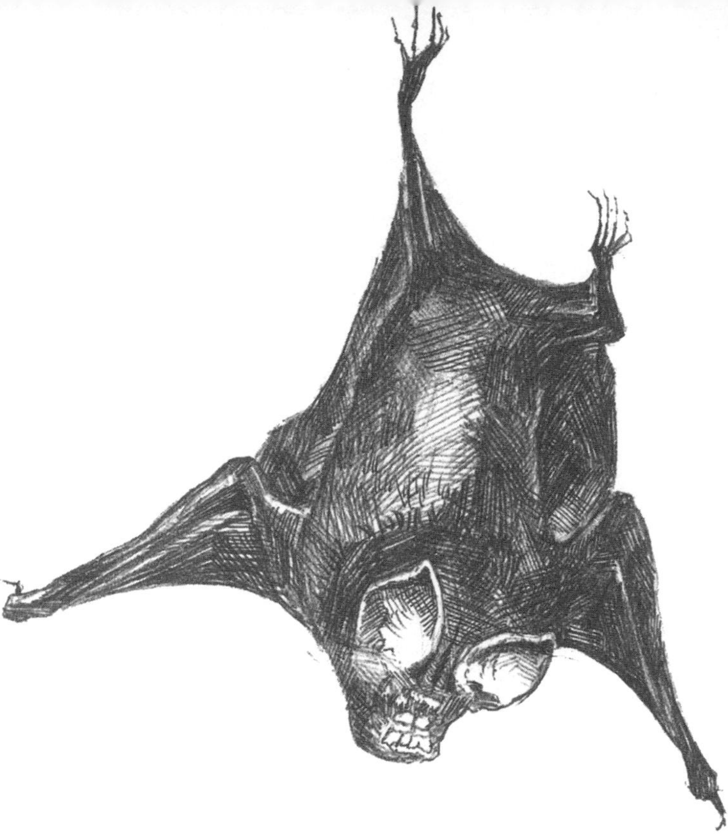

山豬

小溪旁忽有群蝶聚集，牠們停在地上的不知何物周圍，細長的口器來回戳弄，各色鱗翅不安分地開闔。走近兩步帶著戲謔之心揮趕群蝶，牠們卻只懶洋洋地撲了幾下翅，隨後便戀戀地飄回了地上，那是一坨新鮮的山豬排遺。山豬吃下的根莖纖維在腸中絞結成繩，排出後盤踞在灘地上，成為蝴蝶攝取礦物質的酒肆。初次見識到山豬的存在後，那些粗大的排遺、被翻得草根凌亂的土堆、泥灘上寬厚的四蹄足印，甚至是遠處山坡上粗壯的呼吸與翻土聲，忽然都變得清晰可見，在樹影間現蹤。

巡山的老伯說，遇到山豬發怒要趕緊爬到樹上，要不山豬鐵頭撞、獠牙刺、大嘴咬，非死即傷。老獵人說，打山豬要帶上狗隊，待到狗牽制山豬之後獵人才開槍索命。但往往回程時除了扛山豬，還連帶得扛幾隻死傷獵犬。而那位坐在搖椅裡晒著太陽餵小山豬的阿婆則說，前一天夜裡山豬群闖進甘蔗田搗亂，全村的男人敲鑼打鼓放鞭炮折騰了一晚上才把山豬趕走，而這一隻幼崽跟丟了，於是進到了阿婆懷裡嚶嚶叫著討奶喝。

我沿著一條陌生的溪溝一路往上，腰間插著一柄生鏽了的老鋸子，兩手把玩著紅外線自動攝影機，期待在此找到石虎的蹤跡。少了颱風豪雨帶來的土石流，植物用根緩慢環抱溪溝裸露的肌膚，年幼的樹木從中挺出，一握粗的樹幹蜿蜒追尋篩落的陽光。

我揮趕著耳邊嗡嗡作響的麗蠅，同時驚飛草堆裡的竹雞和翠翼鳩，頭頂上樹鵲、五色鳥、紅嘴黑鵯鳴聲參差吵雜，落腳處吉悌細顎針蟻簇擁著蟻后劃出斷續的黑線。石頭上擱著一條食蟹獴的排遺，牠排出破碎的蟹殼後瀟灑地離去；樹叢下鼬獾挖了幾個深淺不一的洞，或許牠在此刨出了一條嘎吱作響的美味蚯蚓。

忽爾隔著灌木叢傳來一陣騷動，一個沉重的呼吸引領著更多稚嫩的叫聲在溪溝中移動，從一棵植株到另一棵植株。蹄腳雜沓聲、岩石崩落聲、根系斷裂聲，透過葉子與葉子之間的空隙，窺見了一方黑色毛皮下的肌肉如浪潮般地湧動，那是一隻帶著小山豬覓食的母山豬。

隻身一人遇到山豬群，想到有關山豬的種種傳說，忽然想起最近鍾愛的一則改編笑話：

有一次我問我女朋友：「你最怕什麼？」

「我怕你愛上其他人。」她說。「然後永遠離開我，留下我孤伶伶地一個人在這個世界上。」

「那你最怕什麼？」她反問。

「山豬。」

不過現實是在有女朋友之前就先遇上了山豬，我最好是趁著溪溝無風，空氣不會把我身上的臊氣透漏給山豬知道，悄聲離開。但內心卻有一種嚮往，想看到那活物的生命在眼前完全地呈現，看四蹄的起落、看肌肉的起伏、看氣流在山豬的長嘴一進一出。我躡足想繞過我和山豬之間的樹叢，笨拙的腳步卻掀翻了一顆突出的石頭，石頭翻滾蹦跳，然後愜意地栽進了一窪淺水，嘲弄地宣告我的存在。

山鳥忽然靜了下來，山豬母子也停下四處翻找，幾秒鐘的靜默後，只聽得樹叢後一龐然巨物以排山倒海之勢朝我奔來，四蹄砸落之處土石紛飛，面對我這個冒失的入侵者，母山豬挾著整座山的憤怒要捍衛牠的子代。看著眼前植木的晃動越來越逼近，我卻傻了一樣呆立在原地，思考起一個突然閃過的問題：

「或許，山豬一詞並非代表『住在山上的豬』，而是『如山一般的豬』？」

這個問題毫無邏輯且來得真不是時候，但在母山豬衝鋒的壓迫下，我更願意不理智地選擇相信後者。失神一般地咀嚼這個問題一段時間後，我的思緒才終於擠出一個實用的字：

「跑！」

我開始狂奔，在被鼬獾挖得滿目瘡痍的溪溝裡，我多希望我的腳步能如山羌一般輕盈，而不是狼狽的一一墜毀在石縫中。我一撲一跌，在山裡橫衝直撞，快到兩側的綠葉幻化為漫天的蝶翼紛飛，最後狠狠撞進一叢麻竹，撞出了雨一樣滴落的琉璃蟻。

母山豬也沒有深追，把我趕到無法威脅小豬的遠處後就撞開一條獸徑走了。我把自動攝影機架在一處動物應當會聚集喝水的水塘邊，暗自思忖這群母子會占據大部分的記憶體。然後我信步下山，順手砍了一顆筍。

蝙蝠

無事的周六夜晚，盯著電腦螢幕閃爍的視窗，一手支頤，一手在滑鼠上打出斷續的敲擊聲。忽然瞥見一則貼文吸引了我，有關古道、坑洞、樹蕨、山澗、一線天，還有很多很多的蝙蝠。於是把軀幹扳正了私訊朋友。

「要不要去看蝙蝠？」我問他，懶得多做解釋。

「什麼蝙蝠？」

「一個古道的蝙蝠。」

「什麼古道？」

這傢伙問題真多。

「反正就是有一個可以連接南村里和成功里的古道然後很久以前有鑿開一個山洞現在荒廢了裡面很多蝙蝠不過因為很久都沒有人走了所以也沒有路要自己開路感覺很酷你明天要不要來啦。」我懶到連斷句都省了。

小鎮另一端的他沉吟了一會。

「好。」

事情就這麼決定了。

在初夏早晨的大冠鷲發出第一聲長鳴時我們到了古道入口，把腳踏車停下，看到立著的石碑上浮雕的「臥龍洞」三字。

「哦，原來你說的那個洞就是臥龍洞啊？」朋友問我。

「對啊，你有聽說過？」

「從來沒有。」他搖了搖頭。

棄車踏上古道，依稀的痕跡領著我們轉進高於人的芒草叢，帶刺的葉抓撓我赤裸的手臂，留下一條條細長的血痕。路中央一棵烏紫仔菜上掛滿了豆芫菁放肆嚙咬，整棵植株只留下孤伶伶的細莖吊著零星的葉與果，我找到另一棵沒有毒蟲攀附的植株，摘下幾棵紫黑發亮的漿果放在掌心任其隨著腳步滾動，再一一擲進口中，讓迸發的甜味把牙齒染紅。

彎過一堆亂石後，景色忽變，植木庇蔭下，有了放歌的鳴鳥、低語的綠竹、扯人鞋帶的箬草，還有嗡嗡作響的柄眼蠅。沿著水流一路往上，路的盡頭赫然停著一臺小貨車，銀色的外殼上泥斑點點。

聽到人聲，小貨車後頭探出了一個阿婆，她對著我們露出缺了牙的燦笑，同時問明了我們的來意。

臥龍洞喔？那邊已經沒有路了，之前土石流把路沖壞了現在長滿了草。現在要去都要帶上刀子開路，還要注意會有眼鏡蛇。

「臥龍洞喔？彼已經無路矣，進前土石流沖歹攏生草。這馬欲去攏愛紮刀開路，閣愛注意飯匙銃。」

你們如果要去，沿著溪走，溪會分岔，我也不知道要走哪一條，你們如果找不到路就要回頭。

「恁若是欲去，順溪行，溪會分叉，我也毋知愛行佗一條，恁若揣無路就愛轉來。」

她俯身把手上剛採來的三角柱扔進貨車後座，同時撈出一包蘇打餅乾。

「這包予恁。」（這包給你們。）

她轉頭準備離開，走了幾步卻又停下，突然想起什麼似的回過頭來。

「到叉路ê所在，恁愛行倒爿，也有可能愛行正爿，恁家己較細膩咧。」（到岔路的地方，你們要走左邊，或是走右邊，你們自己小心一點。）

留下這句話後她便消失在另一片綠色中了。

循溪行，阿婆這樣說，但在夏雨到來前的旱季，此處的溪已經稱不上是溪了。流水伏在地底，只有被石塊圈住的水坑露出頭來，算是留給水黽小蟹一類的溫存；若碰巧被框住的水流多了，就能成為給山羌消暑的水塘，順便讓我們捧一瓢水抹去臉上的汗珠。

越往上走就越不是在行走，而是爬、是鑽、是竄，溪溝裡互絞的黃藤、扭曲的橫柯、爆炸的梭羅，一個個逼得我們把身體一再地壓低，然後栽進一片綠草中，只露出半顆頭和一對眼睛。

「你看這棵樹。」朋友先我一步把自己從草叢中拔出來，他指著前方對我說。

「怎麼？」我一邊問他一邊把緊咬著我的懸鉤子扔掉，語畢惡狠狠地咬下金黃色的刺波。

「這棵樹看起來好像一道門。」的確，那樹被土石流沖倒，主幹已經橫躺在地上，卻硬氣的抽出兩支細枝插向天空，細枝又抽出更細的枝條，合著綠葉縫出一個工整的長方形缺口，成了一扇門。我們在門口煞有其事卻異常恭敬的對山說了幾句話，然後在門檻上坐下，啜飲水壺裡的水，聽風吹過竹子。

竹子，那大概是山裡最美也最嚇人的聲音了，竹葉低語、嫩竹呻吟、老竹欻笑，而那些乾到不能再乾死透了的竹葉則乘著風砸在水邊的岩石上，砸碎我規律的心跳。

繞過一段朽木後，迎來的是一路往上傾斜的礫石坡，兩側是滲著水的高聳岩壁，岩壁上攀附著蕨類、秋海棠、山蕉，綠葉隨著峽谷上頭灌下的風舞動。我壓著激動的心情半跑半跌的往上，然後在斜坡的盡頭，回頭望向朋友。

「到了！」

「到了？」

「到了。」

他走到我身邊，一起面向一片漆黑的巨大山洞口。

我們在山洞口分食阿婆送的蘇打餅，我折了一段秋海棠紅色的細莖咀嚼。

「這個夠亮嗎？」朋友反覆開關手機的手電筒。

「這個吃起來像蓮霧皮。」

「嘿！」

「哦，夠吧，不行就回頭。」我聳肩。

「嗯，不行就回頭。」

事情就這麼決定了。

山洞裡潮濕、陰暗，穿越山洞的風混雜著一種模糊的味道，源自記憶中國小囤放獎盃的閣樓裡，從窗簾裡抖落的顆粒狀黑色排遺，還有繞著吊扇撲翅的黑色身影。

經過盤著的黑眉錦蛇和灶馬後，就看到了蝙蝠。三四隻蝙蝠疏疏落落四散在岩壁上，用黑紫色的翅膀緊緊裹住身體，如一株不怎麼掛果而乏人摘採的李子樹。牠們對意外的訪客毫無反應，只是動也不動冷峻地吊掛著。

再往前走，頭頂處傳來一陣喧嘩，用手電筒的餘光一照，上頭的岩壁吊掛著密密麻麻上百隻的蝙蝠，與前者不同，這群大傢伙不斷扭著脖子、開闔翅膀、抖動泛著微微金色光澤的毛皮，如一團開得茂盛的龍眼花。牠們用我們無法聽懂甚至無法聽見的語言議論紛紛，在一片滋滋滋中，忽然有那麼幾隻張開碩大的弧翼無聲的飛翔，把尿撒在我們頭上。

往後在與人談及這些弧翼時，牠們都在我雙手間的間距被拉大了不少。也許在山洞的擠壓之下，我變得越來越小，而蝙蝠則變得越來越大，大過搭在岩壁上的指尖、大過渾身泥濘的我、大過了整個山洞，最後大到盈滿了黑暗中圓睜的眼睛。

傳說，早晨的山林瘴氣氤氳。

傳說，傍晚時小黑人會在山林間跳躍。

傳說，岩石會轟隆隆的吞食一片山頭。

傳說，百歲的飯匙銃大到追不到山羌，只能吃百香果度日。

傳說，在那些白髮老人年輕時，住在成功的他們會穿過臥龍洞，踩過我們現在腳下這條荒路，再去到南村搭公車去草屯。

或許，在我們的足跡淡去消逝後，這樣一條漸漸無名的山徑，將會成就更多的傳說，在人們的唇舌間走跳。

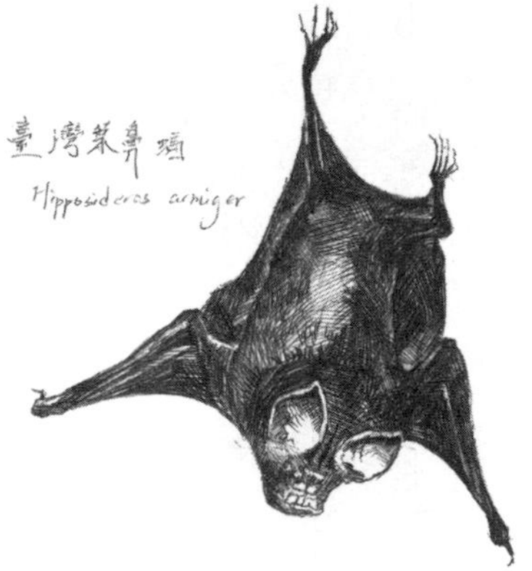

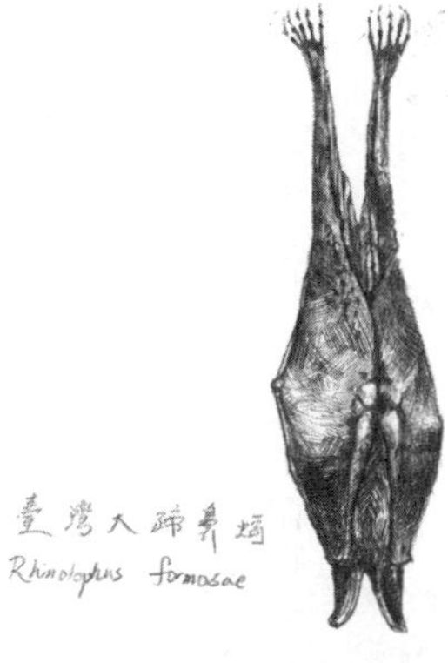

水與蟲

旱。

久旱不雨，山中小溪已不再如歌般流淌，反而如垂死者迷離時的胡話，有一搭沒一搭總是空白的多，還不時咳出陣陣白塵，不成體統。

一窪混濁的泥灘邊，印著食蟹獴與鼬獾的足印，山裡的動物也耐不住口渴，紛紛從石頭縫裡、木頭洞裡鑽出來，依偎上了小溪的殘軀。

往更上游走到一處瀑布水潭，瀑布已然沒有過往轟隆隆吞天食地的澎湃，只剩如尿尿般的一線水流在石壁上匍匐；其下的水潭也只有曾經的一半大，潭底有好些體型碩大的纓口臺鰍挨著身子爭奪水流，一旁躺著泛白的死蝦死蟹。

我隨手揀了些扁平的石頭打起水漂，無奈我巧勁不足，石頭脫離指尖後，要不懶散得蹦個一下兩下，要不乾脆碰一聲砸進水底，炸出老大水花。

不甘心又撿起一片石頭，卻感覺落指處有些異樣，似乎要把什麼東西給掐碎了，湊到眼前細看，竟是由碎石砌成的一丘墳起，每一碎石的邊緣都緊密嵌合，裡頭再牽上纖白的細絲，膠成一個精緻可愛的小屋。但屋主——長鬚石蠶——大概被我的手指軋得痛了，不再容許我放肆，從屋裡探出頭來狠狠地甩了一下，逼著我趕緊把石頭安置原位。

如發現了一片新世界般，我發癲似的扳起一塊塊靜躺水流的石頭。（寫至此處卻開始異想——為何偏要叫做石頭不可？石若有頭，莫不應另有石頸石手石腳石脊椎？一座山莫不就是尊散了架的石人？）我扳起的石手石腳有裸身的、有披掛青苔的、有長滿藻類黏膩不堪的、還有遭石英入侵而立起森森逆鱗的，它們成了各式小精小怪的磚瓦梁柱。

最多見的便是蜉蝣與蜻蛉的稚蟲，牠們鼓著圓眼，挺著瘦削或肥碩的屁股，奓著羽毛般的鰓，然後滴溜溜地爬到石頭不當日照的一面，蟄伏在水底等待展出薄翅飛天的片刻。

還有一傢伙，圓圓扁扁活像石上覆了塊硬痂，暗褐色的身體鑲著一圈赤色，用手指輕戳牠還會慢悠悠的移動，如一只找路不著的盤子，估計是扁泥蟲的一種。

另外又在石縫裡找到了幾條外表細滑的小蟲，閃著亮光蠕過石罅，菱形的頭部還綴著兩點小黑眼。那是渦蟲，多數人對這名字應該並不陌生，總記得在國中生物課本上，那條被切成好幾段又各自長出頭尾的神奇生物。

我闔上石塊，告別那些認識與不認識的小小生命。返家時沿著鎮上的大排水溝，望著裡頭剩下的薄薄淺流。這幾年鎮上越來越常見蜃影，尤其是在排水溝邊的馬路，豔陽烈烈時前頭總隱約有灘積水，車子行經還會有倒影，一旦走近水就消失了。這般幻影在日語中被稱為「逃げ水」，總覺得這名字帶了點生動的浪漫，但在一個假水易見真水難尋的大旱季，看見「逃げ水」只是使人憂慮上身，憂那水可會越逃越遠，直到再也不復見？

雨。

終於盼到了雨。連續幾個月的大旱之後，迎來的第一場大雨滂沱，總是使人舒坦的。滌米煮菜不必再斤斤計較那一滴兩滴清水，家中那些裝滿了水的瓶子罐子桶子盆子也終於可以撤下，不必蹲踞在角落。甚至興高采烈地去淋了一回雨，享受那久違的快感。想來山中的飛禽走獸應當更為歡喜，不必再挨在死魚撲跌的泥塘邊求水。

大雨停停落落連續下了幾天，然後又連續下了幾周，看著房間裡的牆壁起泡浮腫粉碎崩落，很善變的開始討厭這雨，又盼起晴天。一天掐著在落雨前溜上了山——在室內困得久了，難免想上山撒一回野。

此番上山，到了熟悉的山谷卻找不著熟悉的溪，當然小溪不是一條四處竄的蛇，還是在山谷裡奔騰，只是變得更大、更白、更氣勢磅礴噌吰不絕。溪流在某處多打了一個彎，或在某處多積了一處灘，在哪裡擺上一顆巨石、一叢亂草、一橫斷木，甚至掏空一整片河岸，蝕出新月形的刻痕。這一切都使我感到陌生，如一襲老衣服換了個新人穿，眼前一度混亂。

走進長草叢中的獵徑卻踏了一腳泥水，索性褪去鞋子赤腳沿溪水上溯。走得倦了，就把自己晾在小溪中央的一片巨石上，看水中游魚閃爍的銀鱗。隨手翻動石塊時，已不見那些小蟲，但頭頂多了漫天飛舞的蜻蜓與豆娘，抖著薄翼掠過白濤。

一邊看著蜻蜓，同時也看到了雨。初時細雨如紗，疏疏落落漸漸染灰了天空，留下天上一道透光的裂縫。我收拾行囊走下山時，最後一隻歸巢的紅嘴黑鵯啞著嗓子叫了一聲，得此號令，雨勢立刻轉大，斗大的雨珠一齊墜至地面，炸出轟然巨鳴，雨水成了厚重的布簾，奮臂撥開後隨即合攏。雨水順勢灌進眼睛鼻子嘴巴耳朵，我身上所有的孔隙瞬間被填滿，眨眼睛擤鼻子咂嘴巴摳耳朵好不容易才把水攆走，稍不留神馬上又被攻占。我在雨中雨在我中，裡裡外外都是雨，如此狼狽地跨上單車，雨水朦朧中小溪似乎成了鼓譟的活物，左扭右擺不太安分。

回到家後把身體整理乾淨，隨即把自己扔在床上攤平。枕頭邊停了一隻蜉蝣，大概是這下雨的天捎來的。雨停之後，牠大概又會回到哪一條小溪，產下牠那長相怪異的子嗣，只盼屆時小溪能如常奔騰，繼續歌頌這樣的生命。

雨

「買臺車吧。」餐桌上，我哥這樣對我說，「你看你這麼常跑去山上，有車就不必看大眾運輸臉色了。」

「確實。」我認同，「但我不知道我要買什麼樣的車。」我哥懂車，我不懂。

「看你的要求啊。」他說，接著連珠炮說出了一串我不懂的廠牌、型號、效能。

「沒啥要求，能跑就行。」

「那你就去隨便買臺二手的吧。」

聽從我哥的建議，我在網路社團以不可思議的低價買下一臺二手老車，老機車的引擎吼聲震天，但跑不快，每次發動時都要撥出踩發桿，狠狠地踹它幾腳，它才肯不甘願地發動，滿腹牢騷著上路。

但雨天就不同了，老機車喜歡雨，每逢雨天，雨水找到車殼的接縫滲入車內，這時轉動鑰匙，摁下平時毫無作用的發動按鈕，老機車便會發出軋到貓似的吱吱驚呼，隨後爆咳一陣然後響起歡快的引擎聲，義無反顧地向前奔馳。

「這是我的車，它只有雨天才能好好發動，雨不夠大還發不動。」日後我總是一邊輕扣老機車車頭，一邊介紹。

「媽的爛車。」朋友這樣評價。

傍晚，駕機車闖進臺北山區的一片雨中，尋找一隻已死的穿山甲。穿山甲只是手機地圖上的模糊座標，蜷在蟬鳴梟嘯的森林鬼影中，老機車歡愉地衝破地面積水，發出嘎嘎怪叫。

路邊一座四角涼亭下癱著野狗一群，牠們搭著前腳，倚著頭，守住涼亭庇護下的一方乾爽之地，為首的一隻警戒地豎起朝天尖耳瞪著我，狗群繃緊皮毛下的精實肌肉，牠們抽動的皮毛或黑、或白、或黃，黑如無月的朔夜，白如無肉的枯骨，黃如狗群以爪刨地，刨出無草無木的黃沙陷坑。

我頂著越來越大的雨，催動老機車快速經過狗群，激起幾聲犬吠。

穿山甲死在產業道路一邊的土坡旁，蜷成一顆球，我戴上手套抓住尾巴將牠提起，牠便在我手中緩慢地舒展，露出柔軟的白色腹部，還有星布在下腹部的殷紅創口。

山區的雨溫潤、輕盈，莊嚴地落在穿山甲的遺體上，將創口中淌出的血液沖稀沖散，無聲無息滲入矮草萌芽的土壤。

雨中也誕生了萬千蛆蟲，牠們從簇集的蠅卵中孵化，一瞬之間就長得身軀肥大。蛆蟲首尾相連，挨著身子，如水一般順著穿山甲的硬鱗縫隙和四肢輪廓流動。由外而內，蛆蟲一口一口細細地嚙咬，化作了起伏的肌肉、湧動的血管，和一顆思緒繁雜的腦，泊泊蠕動的蛆蟲創造了活物脈動的詭異幻影。

我將穿山甲放進袋中，穿山甲的前肢五爪卻勾住了袋口。我牽起牠的前爪帶離袋口，數百蛆蟲便從牠的爪縫與逆鱗中湧出，爬滿我整個手掌。

穿山甲是被狗咬死的，我把屍體放進提袋，發動機車一邊想著，看過也剖過這麼多死於犬牙的亡者，那些與我對望的深邃傷口總是給出一樣的答案，撕扯著不平整的哀號。

騎車一邊張望，四處已經不見狗影，牠們大概離去了，留下不明不白的死屍一具。狗群並不吃食獵得的動物，牠們早已飽食，吃的是人類濫有的愛心、盲目的同理、偏執的袒護，在這樣的餵養下撒開精實的四蹄竄過野地，煽動燎火的旋風，哭嚎著摧毀一切活物。

雨還在下，劈里啪啦打在安全帽的罩子上，浸濕了我的衣褲。雨淋得久了，我打了個寒顫，裸露在外的手指腳趾也浮腫泛白。纏綿的雨如母蠅，在我的思緒中產卵，然後孵化出名為如果的蛆蟲，蠕動著爬行鑽進我碎裂的軀體幻影。

如果之蛆鑽進我的雙腿，引著我走向狂嚎狗群；蛆鑽進我的臂膀喉嚨，墳起肌肉撼動聲帶，用憤怒的雙拳與獸吼擊潰狗群；最後蛆鑽進我的眼眶，目送一隻身披美麗銀鱗的獸蹣跚離去。如果之蛆氾濫成災，如果有如果，如果真有那麼剛好，如果穿山甲死前我能出現，如果我先狗群一步護住穿山甲，如果沒有狗——

八

「呲呲呲——」水柱沖掉了附在穿山甲身上的蠅卵蠅蛆，大量的幼蟲擺動著被沖進標本室的水槽。少了蠅卵蠅蛆覆蓋的穿山甲顯得赤裸，鱗甲的間隙也透出觸目的粉紅，牠一身的硬鎧也扛不住犬隻的反覆啃嗑，一一碎裂出鋸齒的邊緣，遭犬牙攻堅，撕扯出血肉模糊的傷口。

我曾以我已經習慣見到這樣的死亡，面對單一個體已經不再哀悼，能以鋼鑄的情緒不動聲色看待犬殺。但隔著手套碰到穿山甲毀壞的鱗甲，不平整的鱗片摩擦出咖咖聲響，眼窩意外泛起了一汪淚。

我想起了穿山甲勾在袋口的前肢五爪，和我牽起牠時在我掌中四散的潔白蛆蟲。

所以我說，就讓這雨下不停吧。讓雨滴洗淨犬牙創口中不明不白的血漬；讓雨潤濕狗群刨起的黃沙陷坑，澆熄狗群煽起的旋風燎火；讓雨中的如果蠕蛆成長蛻變，然後破蛹展翅化做漫天舞蠅，在更多人的腦中產下簇集蠅卵；讓雨水滲入老機車的車殼接縫，催動排氣管的第一聲龍角悲吼，讓雨珠撥弄盤纏葛藤的三弦子，敲響含苞蓓蕾的帝鐘，我會牽起已死的穿山甲，駕著老機車一路向前，向前越過草埔路、赤土路、黑土路，衝破重重關卡，跨過窄橋，前往一座新的山嶺，在那裡，不會再有黃沙之中的無語白骨一丘。

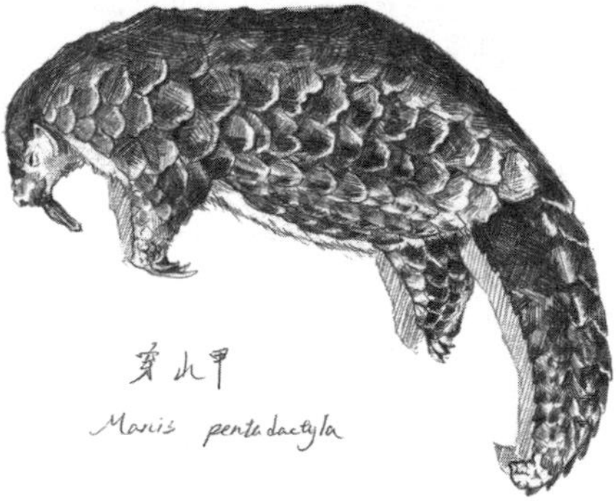

註：穿山甲爲二級保育類動物，已交予公家單位典藏，非私人持有。

雷

在日北社的 Taokas 族語中，mukitadim 是雷，或是也可以稱之為 buzom no raogu，天空的祖父母。

我在合歡山有幸邂逅他一次，這位威嚴的長輩。那是我在山上打工的最後一個晚上，工作的空檔看看手機，新聞說似乎有颱風在外海徘徊，將來的風雨將遊客都趕下山了，標高三千公尺的小風口只賸我一個人，我煮了一碗泡麵，切點蔥花，打一顆蛋，端坐在室外吃晚餐。

日已落，但天還沒完全陷入暗沉，是一種清晰、廣闊的藍色。遠處的山谷裡有山羌在大吼，一隻游離尾蝠飛過我的頭頂，拖著滴滴滴、滴滴滴的叫聲，往山的另一頭，那些緩慢堆疊的雲而去。

忽的一道閃電劈落，鞭笞天空的藍色肌膚，如一條帶疙瘩的藤條，天空被抽的恐懼、畏縮、顫抖、服從。然後祖父母說話了，那聲音威嚴而深沉，自天穹之外傳來，狠狠訓斥天空一頓。

天空受委屈了，答答落下雨的淚珠。

永恆

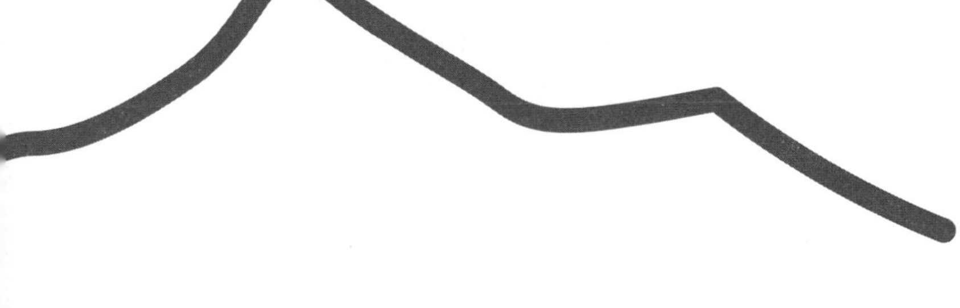

「這是板塊碰撞的殘存能量。」在清水地熱，我哥看著沖天的蒸汽這樣對我說。

我看著眼前巨大的引水管線，把地熱加溫後的滾水導到一個個小池裡。遊客可以提著竹篾的小簍，裝進雞蛋、玉米、茭白筍一類，放進池水中煮熟；另外也有幾個有涼亭遮蔭的水池，供給讓遊客坐在邊上泡腳。

「餘溫啊。」我暗想，我哥讀的是地球科學，這件事我只能相信他。但看著眼前咆哮的滾水泡泡，還有嬉笑的情侶與親子，還是很難想像這只是殘存餘溫。

我打了個響指，指尖與指尖摩擦，產生了短暫的熱量，旋即消散，於我而言根本不代表什麼。

但若有個微小的生命體路過，其生命周期為零點零零零零零零零零零零零零零零零零零零零零零零零到我也不知道該有多少個零零零零零一秒，他也許也會感受到這股巨大的能量，並且在我的指尖開闢一處觀光景點，供過路遊客泡腳（如果這個生命體有腳的話）。

我瞪著沖天蒸汽，心情十分激動，宇宙的一個彈指，對我已是偉大的永恆。

野菇

山上的老農來訊，說在茶園打草時，竟在茶樹下看到蹲了一隻鴨，鴨子被機器馬達聲驚飛，留下草窩中潔白的鴨蛋，足足有七顆！念在鴨母應是還會再回來孵蛋，老農想向我借自動相機一用，希望能拍到鴨母孵蛋、小鴨破殼之可憐可愛。聽聞至此，我一口答應下來了，收拾設備準備翌日前往。

不巧遇上接連幾天大雨，待到再度放晴時已隔了三日。駕機車到老農的茶園，露珠閃閃的紅土地上能看到生命活躍的痕跡：鼴鼠挖的、鼬獾刨的、山豬拱的，還有穿山甲鑿的，這些大小土塊隆起或凹陷，蒸著鬱鬱的暑氣，那般感受，猶是立在一巨獸面前，承受牠溫潤的鼻息。

老農領著我走進茶園，越接近草窩的位置他越顯不安，越過一牆茶樹他望向草窩，悄聲對我說：「鴨母無去矣。」（母鴨不見了。）然後雙手排開茶樹走近，草窩中七顆鴨蛋只剩其二，青白色的蛋殼還濺上泥痕，不似備受照料的模樣。「是毋是最近雨落傷濟？抑是予啥物動物攪擾？」（是不是最近雨下太多？還是被什麼動物給打擾了？）老農低語聲中，我撥弄附近的長草，從中拾起一物，也是枚鴨蛋，但是蛋殼破了好大一個口子，裡頭的蛋清蛋黃皆不復見，想來是被一條靈巧的長舌抹走了。

「果子猫……臭猫……抑是山貉？」
白鼻心、鼬獾或是鬼鼠？
我思索著列出一張嫌疑清單。（白鼻心、鼬獾和鬼鼠，能鑿開蛋殼的大概就這三個傢伙。）

「山貉攏食邊仔ê桂竹仔筍較濟，果子猫遮應該無，附近無𪜶愛ê果子；臭猫仔是足濟……應該是臭猫仔。」
鬼鼠比較常吃旁邊的桂竹筍；白鼻心這裡應該沒有，附近沒有牠們喜歡的果子；鼬獾很多……應該是鼬獾。
老農這樣推斷，我也架上相機照看剩下兩顆鴨蛋。（不過後來檢查相機，竟然只拍到山羌和一隻過路的白鼻心！）

任務似有似無的算是完成了，時間還早，老農索性帶著我在茶園裡四處遛遛，同時聽老農的滔滔不絕——聽鳥如何造巢、蟲如何蛀菜、蜂如何採蜜、松鼠如何打架。他看向天邊的鷹，便噘起嘴「呼咿——呼咿——」的吹口哨學鷹嘯。他雙腳實踩土地，卻也長出雄偉的大翼攬著丘壑。

老農眼尖發現了什麼，躍入一道土塹，向我比劃著枯竹荒草中的一物：「雞肉絲菇！遐邇大呢！是按怎無予人挽去？」（雞肉絲菇！這麼大呢！怎麼沒有被人摘走？）雞肉絲菇我也見過，大多杯口大小，偶爾能在菜市場的角落發現，等待內行人的賞識。但眼前這朵卻是臉一般大的巨物，菌傘厚實肥碩，由內向外把灰棕色的傘蓋脹破，蹦出如玉般晶瑩的白肉；菌柄則從地底深處竄出，末端扣在白蟻熙攘的菌圃。

我嗜吃，同時也好煮，尤其愛找在地得時的奇異食材，聞得此事，老農爽快地把雞肉絲菇送予我，又帶著我挽了一框炒菜的蕨（三角柱仔），再順手拔了些煎藥的草，然後目送我下山。

盤算著要如何整治這意外的山肴，我車頭一擺先彎進了活絡的早市。

早市裡的廟口前支著一頂小篷傘，傘蓋擄著一塊方形的陰影，陰影中蹲著三個阿婆。

居左那位面前列著青蔥、蒜苗、生薑一類辛料；居右那位面前疊著醬筍、覆菜、破布子一應醃物；居中一位則閒不得，忙著從腳邊一垛落的龍鬚菜中挑揀老莖。

此時盤算已畢——野菇煲湯但求其清鮮，蕨菜拌炒則需濃葷之物相佐，再見得攤上生薑白裡透黃，尖端還有一抹朱紅點頭，搭配野菇再適合不過；覆菜烏褐暗沉，盤捲成球頗見分量，與蕨菜最是般配。

買了生薑帶上覆菜，避不了得和攤販聊上幾句，尤其是手中的袋子裡還窩著一頭怪物，更是惹人注目。「你橐仔內底是啥？」（你袋子裡面的那是什麼？）賣薑的一位先開口了。「菇啊！雞肉絲菇！」

「敢有毒？」（有毒嗎？）賣覆菜的一位也開口了。

「無啦！這我熟ê。」（沒有毒啦，這是我認得的。）

「真ê抑是假ê？」（眞的假的？）她們兩人同時輕呼，然後三人就陷入了拌嘴的死循環。

這個說吃了毒菇會頭暈噁心嘔吐腹瀉，我說這菇市場偶有見之吃了不曾有病；那個說鄰居的舅舅的兒子吃了野菇當晚夢中驚起咳出鮮血；我說這菇頂端一塊硬質尖凸是可食的標記。我來來回回也就那幾句詞，她們卻能變出各種可驚可怖的中毒面貌，那些臉發青眼翻白舌淌血的，說得我也有些動搖了，似乎能看見我不久後的死狀。

「提來！」（拿來！）忽的一句爆喝，居中的阿婆沉不住氣了，從那一大堆龍鬚菜中擡起頭來，拿了我的菇在手中轉了幾圈還給了我。

「這無毒啦！我做山 -ê 當然嘛知。」（這沒有毒啦！我在山上工作的當然知道。）

我接過雞肉絲菇，然後向她買了一把龍鬚菜謝過她的救命之恩。

回到家中，便即整治到手的野菜。藥草上鍋用細火慢焙，三角柱仔則要用鹼水浸泡去除苦涎，在此按下不表，要角自然是交予那一大朵雞肉絲菇。

生薑切細絲，菇撕作條，雞雜剁成大塊焯過洗淨，依序放進滾水大鍋，再捻一撮鹽巴撒入，然後便靜待熱湯煲成。

倒數計時器的嗶嗶聲在腦中響起時揭開鍋蓋，見白煙裊裊升起，漫了一屋子清香，徐徐環抱灶臺前的我，正如山環抱它懷中的一切生命。

蟻神

我坐在門外的花圃，著短褲，上身只披了一件風衣，野心勃勃想做些什麼——一景戲劇舞臺的設計，要有明確的表現意象、具層次性的深淺空間、急於與觀眾對話的千言萬語，一個由我掌控與建構的世界——然後後背被不知何物扎了一下。

我反手掐去，在指尖碾碎一物。哼，螞蟻。

然後又一隻，再一隻，在後頸和腳踝上，被我一一碾碎。莫不我這麼剛好坐在蟻窩上了？我冷笑。

然後我感受到了，頸上、背上、腿上，領口、褲腳、鞋跟，無數細小的顎掐進我的皮膚，我扔下電腦向蟻族宣戰，用每一寸肌膚感知螞蟻的存在，旋即快速而準確的用手指追緝，讓牠們在我的指尖下六肢抽搐、體液噴濺，碎裂成渣滓。

一邊咒罵一邊抖落頑強掛在風衣上的殘軍，回頭看到剛剛所坐之處，還真有一處蟻巢。巢口工蟻逡巡忙碌、兵蟻戒備巡守、帶翅的繁殖蟻蓄勢待發，蟻族在這溫濕合宜的夜晚，準備舉行一年一度的生之祭典——婚飛。

「他媽的。」我捏死最後一隻攀在我耳根的螞蟻。

小學生的娛樂很簡單，在沒有手機的時代。抓蜈蚣丟女生、抓毛蟲丟女生、抓蟾蜍丟女生，在這無數的受害蟲虫與女生之外，獨有一群兒童遊戲的受惠者。

每周二的朝會，在鋪柏油的中庭廣場，有殺人的太陽和蚊子。白鐵皮的司令臺上，校長正在宣導本周品格教育，不可以欺負同學喔，他說。

我啪一聲拍死一隻蚊子，把屍體撣到地上，一隻螞蟻點了點牠，徘徊一陣，揪了個伴把死蚊子拖走了。於是我僵住身子，等候之後的每一隻蚊子附上皮膚，抓緊時機揮掌擊落——力道要拿捏輕重，恰到好處，最好是使蚊子有翅不能軒，有腿不得行，如蹣跚醉漢——然後把牠扔進螞蟻斷續的隊伍中，看半殘的蚊子在蟻群中彈跳、掙扎，然後被大顎箝制，拆翅、卸足，固執的軀體彈動著被運往柏油地的裂縫。

於是，那時的我成了神，調度生死與暴力。

我看著桌上的舞臺模型，癱坐在椅子上，承受挫折感的重擊。幾個小時的做工，成了眼前這一坨垃圾般的廢物，那些理想中的意義、象徵、引導，雜揉成了這頭厲聲嚎叫的奇美拉，太多想說的言語使它成為了啞巴。

砸了算了。

我嘆了口氣，沒有照做，把舞臺模型推到一邊，從物件雜亂堆砌的桌面撈出一根試管。

高中時到朋友家，他從抽屜拿出一根試管，神秘兮兮地遞到我手上。隔著弧形的玻璃管壁，看到裡頭晶瑩的蟲卵、肥碩的幼蟲、蟄伏的工蟻，還有蟻后，那結實的胸背板上膜翅殘存，鼓脹的腹部緩緩伸縮，牠的存在代表著一支蟻族、一巢新生、一片即將擴大茁壯的殖民地。

我看了許久，有點入迷。朋友拿了點蜂蜜，兌水後滴入小容器，放在試管口。幾隻工蟻聚集，將頭探入，不久後蟻腹膨大盈滿蜜水，晶亮如鮮橙汁囊。

「這什麼蟻啊？」我問他。

「臭巨山蟻。」

「我可以丟活的蟲下去讓牠殺嗎？」

「不行欸，這種蟻不喜歡吃肉，都吃蜂蜜水就好了。」

「無聊。」

雖說無聊，但我還是在不久後買下了我的第一巢螞蟻，然後便一頭栽了進去，我想我還是享受這般一手扼住一個社會的生命源泉，成為神一般的存在，即便在螞蟻小小的複眼裡根本看不清我的相貌，但養久了螞蟻也似乎知曉，當封住試管口的棉花球被揭開，就會有食物送上門來。

我開始出現在各大社團的留言區，在那些寫著「C4G31 1Q10W」、「相鄰寡 2Q 1000W → 有超級兵」、「哀愁雙開」之類如黑幫行話的貼文下競標，然後用試管填滿陰暗的抽屜。我也盡力做好一個神的角色，記下每種螞蟻不同的習性：黑棘山蟻敏感而神經質、雙脊皺家蟻緩慢而溫吞、吉悌細顎針蟻需要廣大的獵場、花居單家蟻偏好狹窄的裂塹、寬節大頭家蟻喜歡把獵物運回巢囤積、臺灣痕胸家蟻卻只會在巢外把屍體吃成一片狼藉。另外還有幾個瓶子散落在四周，養的是做飼料用的活蟲。

這七拼八湊的舞臺設計斷然沒有好結果，授課的教授站在我的桌旁歪頭撇嘴，「不太懂你想表達什麼。」他說，「太多奇怪的東西跑到不知道哪裡了，不受你的控制。」我點點頭，縮回椅子上，望向舞臺模型和一旁養著皮氏大頭家蟻的試管。

這東西，砸了算了。

下課後我找到一處白蟻巢，揮拳擊碎，然後把逃竄的白蟻抓進罐子裡，帶回去放進養蟻的試管。螞蟻的反應迅速而凌厲，工蟻追獵、壓制，兵蟻補上致命的一擊，然後屍體被運往試管深處，滋養巢內的群蟲。最後幾隻工蟻徘徊一陣，用觸角輕點封上試管的棉花球，掉頭回去了。

當蟻巢聚落足夠成熟時，蟻后就會開始產出帶有翅膀的雄蟻與雌蟻，在某個溫度濕度合宜的晚上，一個地區同種螞蟻的繁殖蟻會飛向夜空，這是牠們第一次也是最後一次展開那一襲翅翼。雄蟻與雌蟻相遇、交配、授精，然後落地靜候死亡，成功交配的雌蟻則找到一處適合的環境，不吃不喝，鎮守產出的第一批卵，待到第一隻工蟻羽化而生，展開新的生命周期。

婚飛很美，很壯觀，也很好賺。知道適切的時間地點，漫天飛舞的繁殖蟻都是代表金額的數字。茅巨 1000、白疏 600、雙脊 200、皮大 100、甜蜜 3000、爪哇 1200、渥氏 400。我也加入這行，走路時眼睛總被突然閃過的殘影吸引，被扳動的落葉、潦草的腐木、凌亂的石牆，到處都有可能有新生的蟻后，正在尋址安巢，一旦發現，便用離心管套住，帶回家中用試管細心培育，等待卵孵化成蟲，蟲化作鈔票的那天。

這樣看的蟻后，好像更美了。

我要砸了它，我看著糟糕的舞臺模型，它現在是全然失控的世界。

「有酒沒有？」我揉了個紙團砸向一旁哼歌的鄭胖子問他。

「你要喝喔？」

「沒有，我要表演噴火秀。」

「啊？」鄭胖子不太懂。

「我要喝啦！廢話。」

「喔喔，只有這個欸。」他摸出半瓶威士忌，「可是這很烈喔。」我已經乾了酒瓶。

酒意很快襲來，我躬身、痙攣，狺狺低吼，揮拳、撕抓、摳打，踉蹌站起，勉強邁出一步，然後直愣愣向前撲倒，不省人事。

清醒後我倒在髒亂的地板，攀著桌緣掙扎起身，看到桌上仍然完整的舞臺模型。然後我看到了血，來自嵌入虎口的玻璃碎片，試管已經破碎，寄居的蟻族也不知去向。

我不養螞蟻了，在這之後。

「因為我養的螞蟻總是小一號，沒有野外的那麼大隻。」每當有人問起為什麼，我便這麼說。

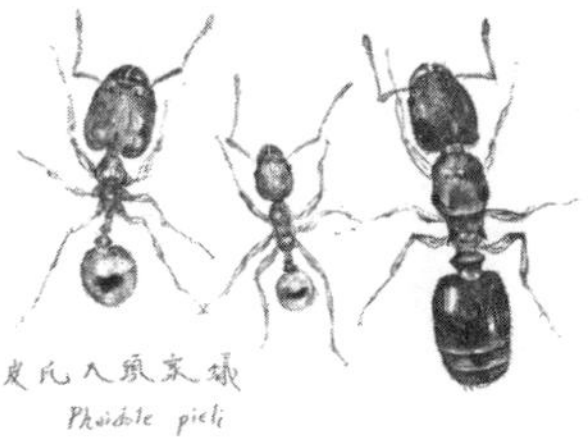

琉璃蟻之戰

我去到埔里北端山間的一處溪谷，沿著水路上溯，途中遇到了一隻食蟹獴，我們在岩壁下水流轉彎處相遇，相隔禮貌的距離，對望了一會，然後食蟹獴抽抽鼻子，腳步輕快地走了。這裡夏季時是人潮擁擠的旅遊景點，但在水冷流枯的冬季，整座溪谷只有我一人。我走到山徑盡頭的一處瀑潭，泅了幾趟水，站起身來離去。

下山時同樣順著水路，其中一段的溪水潛進地表，留下被晒出白粉的溪石，溪石溝縫中離奇的有大量晶亮黑砂，我再看向我腳踏的巨石，看到了上萬的螞蟻遍布其上，體型不大不小，行動不快不慢，亮黑色、堅實的身軀，一看就知道，是疣胸琉璃蟻。

以往對疣胸琉璃蟻的印象大概就是，很多、咬人很痛、近幾年在臺灣各處大量出現擾人怨、會大部隊一列列跑進家裡，讓牆上地上滿是黑色的移動虛線、會在自動相機裡面營巢，每次打開相機殼子時就會噴出刺鼻蟻酸，並招來強搶蟻蛹的盂蠅、會在公園的阿娜娜上養介殼蟲使得果子枯死，不再能偷摘下來拌以蜂蜜與冰水作為夏季的甜品。

而眼前巨石上的上萬琉璃蟻，行動謹慎而緩慢，時而對其他工蟻發動攻擊，像是一場——戰爭。

戰爭並不會有大規模的混戰，大多是從一對一的單挑開始。雙方的工蟻互相用觸角碰觸，若是來自不同聚落（colony），便會謹慎地拉開距離，後撤後足，用前足盡可能的撐起身體，張開大顎，然後幾乎同時由上往下斬擊。這時會有幾種可能的結果：

若是雙方都打空，那就拉開距離，重來一次，或是偶爾會換個對手。

或是其中一方咬中對方的觸角、大顎或前足，這時攻擊者會放開大顎，籌畫下次的進攻。因為這個狀況下，被攻擊者也有能力咬住攻擊者的相應部位。

而如果其中一方咬中對方的前胸背板或腹柄節，此時被攻擊者無法反擊，攻擊者會死咬不放，雙方扭打成一團。有時候會有其他工蟻加入這樣的近身搏鬥，然後越來越多，一隻咬著一隻，變成一顆大蟻球，滾來滾去，噴灑刺鼻蟻酸，直到其中一方全數死亡，屍體滾落巨石，填進溪石之間，變成我一開始見到的晶亮黑砂。獲勝方的工蟻會理一理觸角和六足，再次投入下一場戰鬥。

在這之前我一直認定在臺灣常見的疣胸琉璃蟻是一個超級聚落（super-colony），聚落範圍廣大，不同蟻巢之間的費洛蒙訊號並沒有差異，工蟻可以在不同蟻巢之間自由的活動。我甚至曾經在埔里南邊抓了百來隻工蟻，放進埔里北邊的工蟻隊伍中，這一小群工蟻在片刻遲疑後，便融入了行進的隊伍之中。同樣的實驗我也在不同的蟻種上做過，結論都是外來者被兵力雄厚的蟻群攻擊，賞以憤怒的大顎和蟻酸。

這樣的疣胸琉璃蟻是一個廣大的、被串聯的、網狀的生命體，工蟻日夜不間斷的行軍隊伍，連接了一個又一個蟻群簇集的蟻巢，每一個蟻巢內都有千百腹部腫大的蟻后，這些蟻后行動遲緩，只是張嘴接受工蟻交哺，然後產出晶瑩黏稠的蟻卵團塊，造就這個龐大蟻群。在我的想像中，超級聚落的範圍遍及了所有在新聞上因為蟻害而哀號的地區，遍及臺灣全島。

這個超級聚落的每一個蟻巢、每一隻螞蟻，都遵從了同一個意志，或許從某個角度來看，這些存在於各處的疣胸琉璃蟻都是同一個個體。

但在溪畔巨石上看到的疣胸琉璃蟻的戰爭，再次推翻了我對這種螞蟻和牠們超級聚落的想像。

我不禁想到先前閱讀過的，做螞蟻研究的許大（許峰銓）的文章，分析臺灣淺山與東南亞的疣胸琉璃蟻族群的親緣關係。研究顯示，東南亞的疣胸琉璃蟻有兩個粒線體支系。臺灣原生的、廣布的疣胸琉璃蟻屬於支系一，而近幾年大量爆發的琉璃蟻族群則屬於自中南半島的支系二，因此這些沿著牆緣水管滲進農舍住宅的密麻蟻群可能來自近期的入侵事件，這也是典型的隱性入侵（cryptic invasion）的案例。

有沒有可能，在巨石上的戰爭就來自兩個不同的粒線體支系？

我蹲在巨石旁，試圖認清雙方陣營，揣想牠們的身世來歷。順著湧入蟻群的行軍隊伍，可以看到一方來自上游高地，一方來自下游蕨叢，我暫時給了兩方煞有其事的名字：高地派與蕨叢派。

很快我就發現，取這樣的名字真是一點意義都沒有。一旦高地派與蕨叢派的工蟻相遇，混入巨石上的戰場和巨石下的屍堆，在我眼中牠們就變成了一模一樣的黑色斑點，只有那些輕碰觸角後充滿惡意的後撤抽搐才能讓我看見正在持續的一場戰爭。

是靠著費洛蒙信息來辨認吧？我想，這種人類無法接收與辨識的資訊，足以讓同種的螞蟻，前仆後繼的死在巨石之下，工蟻是沒有個體意識的戰爭工具，遵從聚落的意志，順著倒木、朽竹、乾枯蕨莖和板岩罅隙，千里迢迢從溪谷的一端到另一端，爭搶一塊巨石，用大顎狠狠斬擊那些費洛蒙信息「不對」的敵軍。

螞蟻不懂什麼什麼費洛蒙，不懂什麼什麼超級聚落，更不懂什麼粒腺體什麼支系的，只是很本能的，該用大顎猛咬就用大顎猛咬。但如果巨石上的螞蟻懂得閱讀與思考，能理解牠們仍是屬於同一物種，牠們能理性的組成一支規模龐大的超級聚落嗎？抑或是牠們仍然會為了相異的費洛蒙訊號（或是其他的有的沒的理由）觸角張揚地宣戰？

天要暗了，戰爭還在持續，一隻蟻客模樣的隱翅蟲慢慢悠悠地從屍橫遍野的戰場中央穿過，這場戰爭於牠根本沒差，牠披著似蟻的外殼，寄居在蟻群聚落的庇護下。現在的牠只需要等待戰爭的結束，接著理所當然地走進勝方的蟻巢之中。

疣胸琉璃蟻
Dolichoderus thoracicus

無名山嶺四日之一

中秋節前兩周，Ｗ傳來訊息。

「你連假有空嗎？上山調查需要人手。」

「在哪裡啊？」

「在某某山和某某山之間。」Ｗ說了兩個我不認識的山名。「那個地區好像也沒有名字。」

我看了看Ｗ傳給我的資料，海拔一千多公尺的山區，負重裝，上升七百公尺，走四個小時，跋山涉溪，荒林泥路。夜晚就在天地之間紮營，營地有水，無電，最棒的是沒有網路。可以暫時失聯，躲在山坳裡樹冠下，逃避劇組的追殺，何樂而不為？於是我就答應了下來。

車胎煞停，捲起泥點飛濺。我們從車門爬出，和開車的學長匆匆道別後，便開始了無語的步行。我的腳程快，踩著長筒雨鞋的大步，領先Ｗ兩個轉彎的距離。我一步接著一步，踩過林木游移的根、踩糊沖天巢蕨泥淖上的飛鳥影子、踩破一面魚游的瀑潭水鏡、踩塌穿山甲堆在洞口灰色黃色土塊、踩落山陰冷清草含著的露珠，最後掂了掂肩上的重裝，踩實樣區旁的鬆軟腐質層，同時踩死了一株小葉赤楠的幼苗。

「你走到營地的時候，你會知道那是營地的。」一次休息時，W這樣叮囑我，我坐在地上，看著她點點頭，咬得嘴裡的檸檬海鹽硬糖咖啦啦作響。

營地確實就像是個營地，踩上去更像是個營地。空曠、方正，無有植被覆蓋，這方土地大概被來來去去的研究人員反覆走踏坐臥，土壤被人跡夯得實了，長筒雨鞋的膠底往上狠狠頂撞我的腳跟。

然後就是紮營、搭帳、取水、煮飯，一陣忙碌後天也暗了下來，同時下起了雨。天幕外雨聲淅瀝，不知怎地招來了千百蝨斯，蝨斯爬滿在地墊、睡袋、手臂、背脊，甚至是飯碗裡。一隻莽撞的福建鋪糞蜣撞進我的胸口，晃了兩圈，又飛走了。W用手指向蛲螂飛走的方向，然後手臂向右移動，劃出一個直角。「這裡到這裡，往外推一百公尺，就是我們的樣區。」她說。

我大口灌下沁冷的溪水，把山下的煩心事通通吞下，準備好迎接在這無名山嶺的幾個日夜。迎接茄子般掛滿小腿的螞蝗和葡萄般掛滿手臂的硬蜱、迎接湯碗裡撲騰的蛾翅和飯鍋裡擺弄的蟻足、迎接寒風冷雨和帶刺的灌叢、迎接我從來沒有過的，山上野營的全新體悟。

我關掉懸在天幕主繩上的電燈，躺下睡去。

無名山嶺四日之二：鵂鶹

天幕下的地不平，還斜向一邊，地墊下一橫樹根頂著我的腰間肉、一顆石頭專咬我的肩胛骨，我一整晚翻翻覆覆沒睡好，現此時只能在地墊上躺著，兩眼瞪著剛亮的天。W也剛醒，努力眨著眼睛試圖看清矇矇亮的樹林。

天幕後方的樹上傳來了「嘟——嘟嘟——嘟」的鳴聲，不遠也不近，就是清晰地，以規律的頻率傳來。

「鵂鶹。」我告訴W，用手比向聲音傳來的方向，W對動物不熟，只用手機錄了一段音檔，便起身燒水做早餐。山上風大，W帶來的登山用爐頭燒出來的火焰明滅，即便我用樹枝和濕泥搭了幾面擋風的牆，火焰依舊躲躲閃閃，硬是不把水燒開，W無奈地和火乾瞪眼。

我則是繼續坐在地上，聽著鵂鶹鳴聲。

鵂鶹倒也不是什麼罕見的鳥，網路上更不乏關於這個物種的影像，那些專業拍鳥人大砲鏡筒框住的清晰照片，可以看得清羽毛上深棕淺橘的斑紋、鵂鶹黃色眼睛裡渾圓的黑色瞳孔，甚至是每一根的細小羽絲。我可以一遍又一遍，想看到就看到這樣的鵂鶹，人和野鳥的距離很近，只相隔幾下滑鼠與鍵盤的敲擊，和一方電腦螢幕。

但我更寧願坐在這下過雨的山區清晨，這個冷到把睡袋當成褲子穿，飯碗裡爬滿大頭家蟻工兵，身邊圍繞混亂的行李和活的死的綠色蝨斯，我喜歡在這樣的山區清晨和鵂鶹相遇。

就是說吧，世界這麼大，我哪裡不好去，偏偏要在這個時間，存在於這片林子這塊營地的這個點上；而這隻鵂鶹，也偏偏要在這個時間，飛到那棵樹的那根枝頭，發出輕輕嗚嗚。在龐大的時空中我們擦肩而過，我不敢亂動，生怕任何的粗魯行徑驚飛鳴鳥。

我堅守我僵硬的坐姿，像在狂風中捧著一簇搖曳的火苗，那樣的美豔、脆弱而易逝。

手機意外收到零星的網路訊號，開始瘋狂跳出訊息，我瞥了一眼，大多是來自劇組的通知事項：進場時間、排練筆記，還有催繳我的設計圖稿，我咂了咂嘴，把手機扔掉。

「你的訊息好多。」W大概瞥到了閃動的通知。

「劇組的，麻煩。」

「那個，你都不會想轉系還是啥的嗎？」W問得小心翼翼。

「唔，其實說起來，我倒是不討厭劇場，甚至可以說是喜歡劇場。」

W滿臉不解。

劇場和其他的敘事方式有何不同呢？比之影視作品，劇場擁有著一項難得的特質——存在。觀眾是存在的、演員是存在的、文本是存在的、奇觀是存在的，甚至所有的忘詞、出戲、即興也都是存在的，所有元素共享一個時空，無能複製、無法預期、無可挽回。而所有的存在，都在立刻變成曾經，極其殘酷的越離越遠。

W看著我，像看著瘋子。

就像這隻鵂鶹吧，我存在在這裡，牠存在在那裡，但我總有一刻會起身離開，或是鵂鶹總有一刻會撲翅飛離。在時間之中，我們正在越離越遠，鵂鶹每叫一聲，我就離牠更遠一點。

「噢。」W說。風止了，爐頭上的火焰燒開了水，鵂鶹飛離枝頭，不再傳來規律的嗚嗚。

下山後兩周的一個夜晚，我和阿嗚離開排練場，去到越來越不配稱作百元鍋物的火鍋店吃消夜。在排練場看演員排練，還有緊接著的設計會議，耗掉了接近三個小時，我們都很餓，飛快地吞食。我總是按照肉、豆製品、魚漿製品、青菜、河粉的順序吃火鍋，當W傳來訊息時，我的鍋中碗裡只剩下清湯上漂浮的透明河粉。

我看了W傳來的照片，驚呼一聲，把滿口的河粉噴了出來。

「幹，創啥潲？」阿嗚被我嚇到了。

我把手機裡W傳來的照片秀給他看。

「這是……屎嗎？」

「對啊！」

「你一定要現在給我看嗎？我現在在吃飯欸？」

「不是，你知道這是什麼大便嗎？你看看這個大小、這個形狀、這個顏色、這個剝開之後的內容物。這是熊的大便欸，熊欸！熊！」我的聲音大概很激動。

「嗯……那你知道你現在看起來超怪嗎？你拿著熊屎照片在火鍋店裡面大吼大叫。」

「你能理解這代表什麼嗎？這代表熊在這片樣區存在過啊！也許我曾經踏上熊踏過的土壤、觸碰熊觸碰過的一棵樹、呼吸熊呼出來的空氣，熊曾經存在過，我也曾經存在過，只是我們在時間之中錯過了。那可是熊欸，熊！」

阿鳴沉吟了一陣，他是個熱愛劇場的人，我想他會理解的。

「好吧，我可以理解。」果然，他說。「但你還是可以等我吃完火鍋再來說你的熊屎和存在。」

無名山嶺四日之三：糞金龜

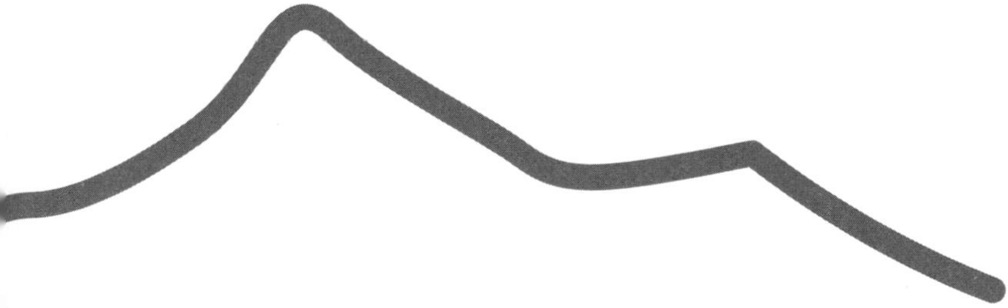

在山上的第三天早上，我面臨到了生而為人的重大問題。

「我欲軋屎[我要大便！]（kà-sái）！」我對W大喊。（這是臺中人的說法，我也不知道為何，但在臺中住過三年，也就跟著說習慣了。）

上山前向W誇下海口，說我一個人抵兩個人的飯量，於是每天晚餐，不論煮飯煮麵，W都煮了一整大鍋。W人矮個子小，食量也不大，餘下的食物都要靠我解決，所以我只能捧一只碗，望著一口鍋，努力把大量的白飯黃麵填進身體裡，過了兩天，終於是撐不住了。

「離水源遠一點，記得挖洞。」W只是叮囑了兩句，就回去繼續整理她的資料了。

我套上兩腳不一樣的兩隻拖鞋（之前左腳的拖鞋壞了，跟大學同學阿嗚「借」了一隻來穿），穿著短褲，往遠離水源的一頭走去，順手扯了兩片有著細致柔毛的，還掛著亮澄澄晨露的山薑葉子作為廁紙，挽下的時候芳香四溢。

約莫走了五分鐘，我相中了一片林地，背倚箭竹叢生的土坡，面朝林下的空地，土壤鬆軟，用手輕輕一鑿就能鑿出一個坑來。於是我站好定位，蹲下身子，開始放屎。

然後面前的空地外就傳來了轟炸機俯衝由遠而近的巨大聲響。

這震天響的黑影繞著我盤旋了一周，俯衝後降落在我腳邊，闔上霧黑色的鞘甲，擺弄觸角上的黃花綻放。是一隻糞金龜，糞金龜的中文名總是又長又拗口，還夾雜著許多不知所云的冷僻字，我總是記不清。糞金龜毫不理會我這個龐大的存在，逕直走向我挖出來的土坑，踉踉蹌蹌，然後一個趔趄，撲跌進山一樣的糞堆。

在我來得及反應之前，更多昆蟲振翅的轟鳴向我湧來，幾十，甚至上百隻的糞金龜瘋也似的聚集，一隻隻栽進土坑中。

糞金龜粗看上去有兩種。大的一種，霧黑的鞘甲、小黃花的觸角，體態臃腫，走起路來跌跌撞撞，有種討喜的傻態。牠們會把糞便切成塊狀，再弓起扁平帶齒的前足脛節，一步一步，把糞團壓實，塑成一顆圓球，再用前足中足撐地，後足搭在糞球上，推著糞球倒退行走。林下的地不平，其中一隻糞金龜滾著糞球，滾過枯枝、滾過塔狀的綠蘚，滾著滾著滾到了一處小坡，糞球就溜脫走了，順著地勢滾到了坡腳。糞金龜在原地茫然不知所措，站了幾秒，又展開翅膀飛回土坑糞堆中，再次塑起一顆糞球。

小的一種，暗褐色的鞘甲，琥珀色的塊狀斑紋，鏟狀的頭部岔出豔黃短小觸角一對。牠們急急忙忙，慌慌張張，一碰到糞堆就拚命的往下擠啊挖啊。霎時間整坨糞堆萬頭攢動，大的小的糞金龜互相推擠，爭搶，在我赤裸的身下，一個個胖大屁股搖搖擺擺，厚實的前胸背板磕磕碰碰，土坑中帶齒脛節處理溼糞的細小聲響，還有偶有的振翅轟鳴，這是這個早晨這片林地最令人驚豔的搖滾音樂祭。

我趕緊用山薑葉子清理乾淨自己，退到一旁，把主場讓給這些狂熱的生命。

我蹲在土坑旁，看著萬頭攢動的甲蟲。

拉屎一事，在社會中，似乎都是見不得光的，無論來自肛門、口舌或是書寫（我在咖啡廳打下這篇稿件時就躲躲藏藏不想讓坐在隔壁穿商業西裝的女子看見我的螢幕內容）。拉屎是不潔的、是不入大雅之堂的，所以要躲在出恭、一號、排遺之後遮遮掩掩地進行。

但在山林之中，百來隻甲蟲面前，我找回了生為生物的一種原始性。在此拉屎就是拉屎，拉屎不需要被避諱，也無關亞里斯多德的 κάθαρσις，

「我欲軋屎」更不是刻意粗鄙的狂言，拉屎是自然的，而自然是神聖的。我丟掉了身為完人的語言、褪掉身為完人的包裝、丟棄身為完人的肢體，狂野地在無名山嶺中奔馳，享受這種不可多得的自然。

當人類世來臨，風、水、土壤、塵霾、雨珠，都已經受到人類影響而自然不再，純然的野地已經消失殆盡。我卻在拉屎的土坑前隨著起舞的糞金龜招魂不復在的自然，同時膜拜帶來重生日出的神祇凱布利。

臺灣側裸蜣螂
Paragymnopleurus ambiguus

無名山嶺四日之四：舞譜

正方形的樣區橫跨山脊，向東的一側下探不可見的山谷，走在此處的緩坡會踩出碎裂的落葉低語；向西的一側框住了取水的溪，坡勢陡峭濕滑，一個沒踩實，腳步就會向下滑落，翻起一條黑褐色的土溝。

「嘖。」W看著我滿身土屑的滑倒再站起，皺著眉。「不要破壞永久樣區。」她說。

我的工作內容遠沒有想像中的浪漫，都是枯燥與重複的內容。拉卷尺、訂樣點、圍樣方、用橡膠錘打下水管界竿、把W採集下來的植物標本一一編號收進夾鏈袋中，然後再把以上工具通通丟進滿是泥塵的大背袋揹起，搖搖晃晃地，跨過盤根鑽過橫柯，擠過丫叉灌叢，在下一個點位如是重複。就在同一片林子，同一脊山陵的兩側，幹同樣的這幾件事，幹了三天。

在山上的最後一天早上，又下起了雨，我和W做事做得累了，所幸東西一扔，一屁股坐在向西的泥坡上。雨滲過我腳下的濕泥，注入坡下的溪水，原先水流稀微的溪擺擺身子，輕聲吟哦。

我從背包裡拿出最後一顆饅頭，饅頭放了四天，已經長出了青色的黴皮，我啃著饅頭，啃出剝落的白粉碎屑。

「你覺得，林相是什麼啊？」W突然問我，沒頭沒尾。

我想了想，試圖去攀住那些我不是很熟悉的詞彙：鬱閉度、覆蓋度、物種組成、林木年齡、土壤酸度、土壤濕度，等等等等，卻像是攀住滿手的枯藤，狼狽地跌落。

於是我決定扔掉這一切科學性的解釋。

走進一片陌生的野地，我首先看見的是什麼呢？我這樣自問，同時望向溪對岸，那片落在樣區之外的小丘，由下往上，從溪水看到丘頂，我看到了一條可以通行的路徑，一種移動的模式、一種身體的樣態，一種時間與空間中，人與野地的溝通方式。

「林相，是舞譜吧。」我說。

我仔細尋回我在一片又一片野地中的移動。

把身體交給森林吧，一條怪石堆疊的山溝教會我丟掉左、右、左、右的等距跨步，腳步可以是左、右左右——左右、左右左右左右——（這裡有個溪石到溪石的大跳躍！）——左！

樹木的橫柯要我放棄人類自傲的挺立脊椎，一次又一次，我低頭、縮肩、彎腰、屈膝，最後匍匐在土壤上樹根旁，巍巍顫顫如蟾蜍行步。

攔路的黃藤、菝葜、異葉木犀禁止了工業化的直線前進，所以我的軌跡畫出了蜿蜒蛇行、崎嶇蟹步，還有慌慌張張的蜥蜴攀走。

在蜈蜞坑下過雨，水滂過踝的高草叢、在板仔寮雙層瀑布旁，樹根紛擾的板岩崩壁、在牛相觸向源侵蝕的山澗裡，樹蕨四處炸裂的莽叢、在守成大山腐質層溫柔厚實，綠苔覆蓋如毯的森林。山、水、太陽和風雕塑了一片森林，而森林雕塑著我的軀體，變幻出連綿的舞步。

W很認真地聽完了我的論述。

「噢。」她說，這顯然不是她要的答案。

「走吧，還有好幾個樣點要測量。」她背上背包，往稜線走去。

我也把一眾器材背上肩，趕忙跟上她。在西側山脊的陡峭泥坡上我手腳並用地爬走，飛速穿越山林。

海

Ocean

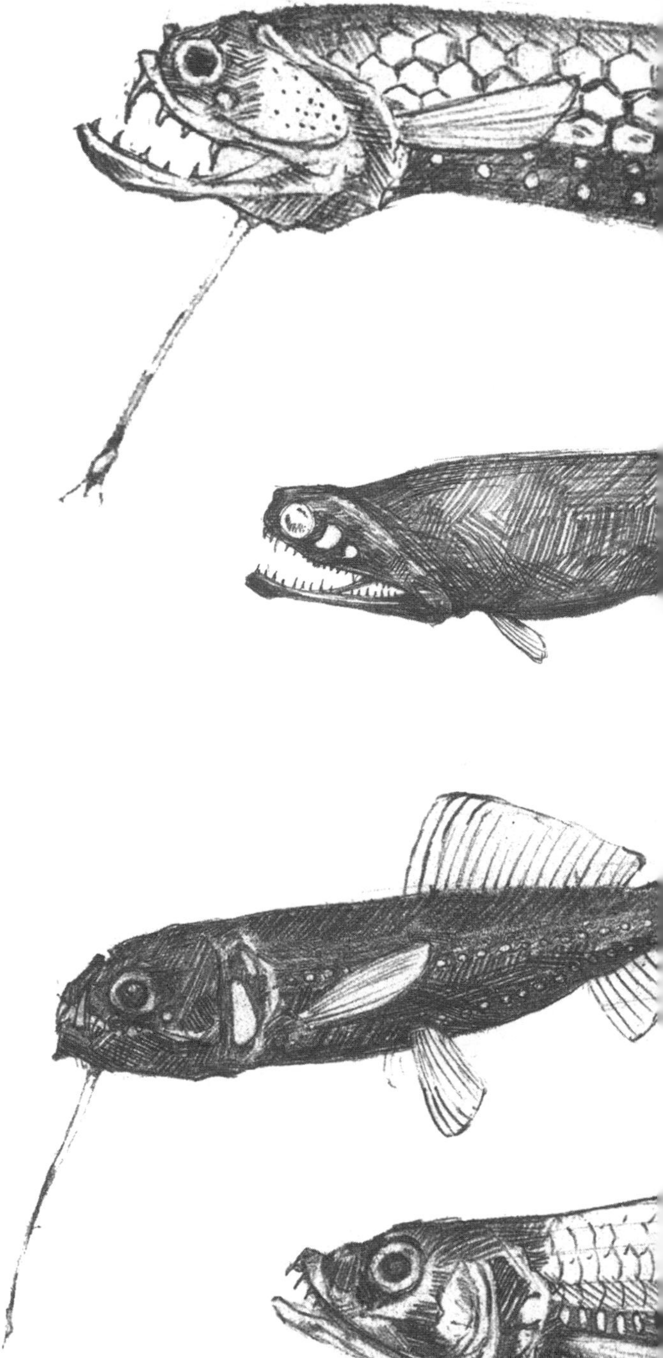

後臺

我套上長筒雨鞋，踏進拖網漁港下雜魚棚的一灘水窪。

等等，請先放下「萬惡底拖網」的標語，嚥下抗議的口號。我想，在著急批判之前，我們有知的權利。知道這些拖網混獲來自何處，依靠這些怪異魚體推敲一塊無光深海的殘貌；知道是誰在這裡工作，和他們如舞蹈般的勞動肢體；知道這一籃子一籃子的漁獲將去往何方，也許我曾經在餐桌上與牠們的幻化鬼影驚鴻一瞥；知道這萬千死魚姓甚名誰，並嘗試讀懂牠們在分類樹上的座標。

至少，我想我有知的權利，還有知的慾望，所以我一次又一次，踏進漁港下雜的積水，把手伸向那堆堆疊疊的下雜魚堆。

大溪漁港的下雜魚棚在漁港的另一頭，與人聲吵雜的魚市隔著內港泊船的靜水，看上去很近，實際上卻得要繞上一大圈路才能抵達。港邊地上零星坐著整理漁網的移工，我行經的腳步招來他們疑惑的眼神，我裝做泰然地無視他們的目光，走向前頭的鐵皮棚子——那巧妙地躲過了檢視線★的，矗立在觀眾視角之外的，一景華麗奇觀的鏡框式舞臺▲後臺。

有舞臺才會有後臺，舞臺在魚市和超市、在餐廳或餐桌、在網路廣告與報章廣告，舞臺提供了一個個方形框框，鎖定了大眾的觀看視角，規定觀眾什麼能看什麼不能看。透過鏡框觀看，可以看到臺上被設計過的空間、被設計過的光線、被設計過的文字，但若是你能悄悄避過舞臺監督的眼睛，溜到這潔白的牆片之後，你便能看見橫七豎八的木料鐵構、狂亂塗抹的粉筆記號、扭曲盤纏的訊號走線、螺絲繃緊的牙和釘槍戳瞎的眼。你被一根突出的角仔拌了一跤，正想暗聲咒罵時，卻從搖晃的布景中看出是它支撐了整個結構。

舞臺後臺無所謂好看不好看，不是生來要好看或不好看的，只是自然而然的就這麼存在著，而被鏡框決定了多數人的觀看方式。但我不甘做一介無知的觀眾，硬是闖進了漁場的後臺，凝望這個劇場光區未達的暗處。

走進下雜魚棚，和在此工作的大哥揮手打招呼。

「閣來揀魚仔喔？」我來的次數多了，和大哥已經熟識。
又來挑魚喔？

「著啊。」
對啊。

「那會無𤆬姼仔來？」他每次都這麼問，格外關心我的感情狀況。
怎麼沒帶馬子來？

「就無啊，無姼仔，無女朋友。」
就沒有啊，沒有馬子，沒有女朋友。

「生遐緣投那會無？後擺無𤆬姼仔來無愛予你揀矣。」
長那麼帥怎會沒有？以後沒帶女孩子來不要給你挑魚了。

「幹！逐擺攏按呢講。」我假裝發怒。「籃仔借我一个喔。」
幹！每次都這樣講。
籃子借我一個喔。

「好矣。」
好啊。

我拿過一個塑膠籃子，放在棚子邊的地上，用來裝我要帶走的魚隻，然後綁起頭髮、戴上橡膠手套、拿著鐵耙，走向下雜魚堆。所謂下雜魚，大抵是那些隨著拖網上岸，太小的、太怪的、太醜的、太毒的、太賤的，因為種種原因進不了魚市場，人們下不了嘴的魚隻，就通通被扔到這一詞條底下。

漁船進港，先到拍賣市場把經濟漁獲卸下，才會駛到下雜魚棚前。漁工們把一個個滿裝的塑膠桶抬上岸，兩人一組把桶中的漁獲倒進大籃子裡，然後一一秤重。秤旁的塑膠小凳子上坐著個乾癟的老人，雙手舞動秤桿砝碼的鏗鏘響聲，秤重的結果則從他帽簷下鬱鬱的傳出。磅好的籃子用帶鉤的棍子拖到鋼棚一頭，大哥和移工扛起大籃子，把漁獲倒進更小一點的籃子，整齊的在地上擺好，等著搬上卡車。我翻動眼前的萬千死魚堆，仔細審視裡面的魚隻，突然我眼前一亮，從中抓出一條鰻，發出一聲驚呼。

「挖到寶喔？」大哥在一旁抽菸，看著我喜孜孜地捧著鰻魚。

「嘿呀（(Hè^{n}--ah)），佇遮毋捌看過這種鰻。」（在這裡沒看過這種鰻。）這是一條奧氏合鰓鰻。

「提轉去做研究啊。」（拿回去做研究啊。）

「哈哈，我毋是做研究ê。」（我不是做研究的。）

「毋是做研究ê來遮揀這創啥？」（不是做研究的來這裡挑這些魚做什麼。）

「家己ê興趣爾。」（自己的興趣而已。）

一邊說著，我一邊幫鰻魚拍了張照，傳給做鰻魚研究的福哥。「收！」

福哥看了照片後這樣說，我把鰻放進簍子裡。今天算是有收穫了。

我必須承認，我的感情標準是浮動的，我從來就沒有辦法以平等的目光注視不同的物種。根據物種和我的距離、和人類的親緣關係、背負的議題、經濟地位、市場價值、瀕危等級、稀少程度和毛絨絨程度，我移情的多寡隨時都在變動。我永遠無法像凝視一隻犬殺穿山甲半闔眼睛一樣的凝視一條躺在漁港的死魚。我在漁港的眼睛是無有憐憫的、缺乏同情的、渴望獵奇罕有的景觀的，所以我在大溪的魚市看到一條被劈成三段的勒氏皇帶魚時，心裡和口中只冒得出這句話：

「哭（khàu）！哭！哭！*Regalecus*！地動魚！皇帶魚！我來漁港這麼多次還真的被我給遇到了！這可是臺灣最長的硬骨魚啊！」

然後我轉頭面向賣魚的大姊。「阿姐啊，這地動魚敢會當借我翕一張相片？」（這地震魚能否借我拍一張照片？）

不知道從哪一次開始，大哥開始叫我一起搬魚。搬魚就搬魚吧，在這裡白拿了多少人家的漁獲，現在出點力也是應該的，況且我本科學的是劇場，平時搬的重物肯定沒少過。於是我丟下手中的小耙子，擡起磅好的大籃子，倒進擺在地上的小籃子中。然後我接過大哥手上的大鐵耙，把小丘一樣的雜魚平分在小籃子中。

「多謝你啊，今仔日魚較濟（今天魚較多。）。」大哥說。

「外勞仔無來？」我問大哥，平時常見的印尼籍移工不在。

「去八斗仔矣。」大哥從一旁裝著冰塊的小水桶中拿出一罐啤酒。「啉 bì-lù 無？（要喝啤酒嗎？）」

我接過啤酒，拉開鋁罐拉環，飲下颯爽的氣泡。又一艘漁船靠岸，大哥招招手，要我繼續去搬魚，我的酒量差，此時腳步已經有些虛浮，大籃的下雜差點沒搬起來。

「幹，酒醉矣。」我說。

「你足無效 ê，啉一罐著酒醉（你眞是沒用，喝一罐就醉了。）。」然後他指著腳邊的大籃子。「這一箍仔百一公斤（這一籃子一百一十公斤），兩个人搬，一人五十五公斤。你扛袂起來，愛安怎抱女朋（要怎樣抱女朋友？）

友？」他總愛拿這事揶揄我。

「免煩惱這咧，我無女朋友。」我們同時爆出大笑。

我跟著大哥學習怎麼打魚、怎麼使用帶鉤的棍子和大鐵耙、怎麼在下雜魚棚把漁獲進一步的分類、怎麼喝酒、怎麼和在此工作的人們聊天打屁——同時從閒談中知道這些下雜仔從何而來、去往何方、將在哪裡和我重新見面。

我越是走近漁場後臺，越是不清楚自己的立足點。我也是拖網漁業的受惠者，洶湧的海面永遠是另一個世界的邊界，而我只能依靠巨幅的漁網窺伺它，提出夢幻的想像；我享受在下雜魚堆中揀出稀有物種，然後捐給研究單位的快感；我喜歡在鐵棚裡和大哥搬魚、和移工打鬧、甚至跟著手提卡拉ＯＫ大聲歡唱。我無權也無能對之批判，我只能做到最原始的、最基本的觀看。

在劇場中，沒有光的地方就是一片黑暗，是不存在的空間。於是我從燈光設計手中奪過一盞燈，把光彈搖到下雜魚棚，照亮觀眾目光不曾到達之處。

然後我穿上吊𧙕、套上長筒雨鞋、纏上頭巾、掛上橡膠手套，把自己打扮得像是半個漁工，再次走向下雜魚棚。

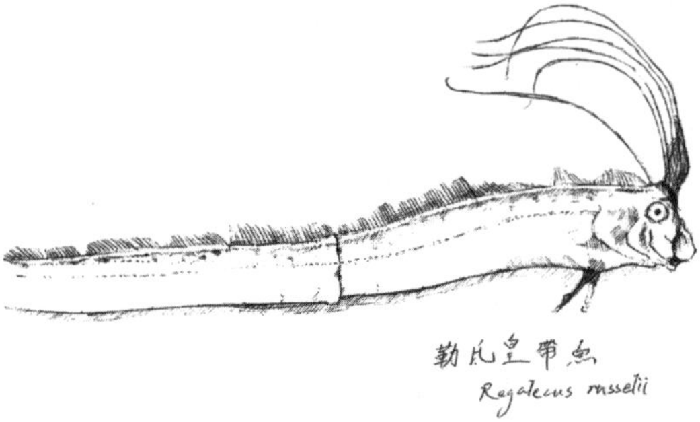

勒氏皇帶魚
Regalecus russelii

★註一：舞臺設計製圖時，用以模擬觀眾視線，檢視臺上不該被觀眾看到的物件，是否有被適當的遮蔽的線條。

▲註二：將表演區視爲一個封閉的盒子，四面都是牆，唯獨面向觀眾席的一面牆是透明的，觀眾透過拱形結構的鏡框觀看舞臺上演出的舞臺形式。

分類學

「哈囉，能請你幫個忙嗎？最近有個課程活動，需要十個科四十條的魚，讓學員練習分類用的。」謝季恆傳來這則訊息，她是之前認識的朋友，現在在臺灣大學動物博物館做管理職，總是會給我一些神奇的任務。

我瞪著電腦螢幕，吃了一大口花生醬，下了道戰帖。

「給你加碼，四十個科，四十條魚，怎麼樣？」

黑長褲黑雨鞋，黑髮黑錶黑手套，黑色背心露出晒黑的胳膊，我漫步在往下雜魚棚的堤岸，望著天邊撲翼的燕鷗。

身後響了聲不快的機車喇叭，我趕緊讓出道來，騎車的大叔卻橫在我面前，粗短身材，宿醉的鼻子，眼角有海風的蝕刻。

「來啦，我共你載啦（我來載你啦！）！」他拍了拍喘著氣的機車。

「愛去佗啊？」（要去哪裡啊？）我跨上後座，頂著風在他耳邊大喊。

「去磅魚仔啊，哭爸喔，閣咧用行ê，緊去買機車啦！」（去秤魚啊！哭爸喔！還在那邊用走的，趕快去買臺機車啦！）

啊也，我大概被他誤認為遲到的漁工了。

到了下雜魚棚，騎車的大叔扭頭走了，大哥詫異地看著從機車上下來的我，我咧嘴笑笑，戴上手套、討過一個籃子，開始挑魚。

帶魚科的白帶魚、鯖科的白腹鯖、鰺科的藍圓鰺、鯛科的黃背牙鯛，這些都是餐桌上常見的魚類，來到此處的大多是體型過小或賣相不好的。

鮋科的單指虎鮋、擬鱸科的多帶橫擬鱸、發光鯛科的灰軟魚、五棘鯛科的日本五棘鯛、鼬鳚科的黑潮新鼬鳚，也都是數量不少的漁獲，下雜魚堆中不難見到牠們的身影。

瞻星魚科的日本騰顛頂凸眼、鷸嘴魚科的鷸嘴魚噘唇綳鰓、擬三棘魨科的擬三棘魨橫生怪刺、鮋科的基島深水鮋翅翼招搖。

十三，我暗暗記數。

漁獲在漁船上就會初步分類，售價較高的漁獲會被挑出來進入市場，而其他的則是會被分成白魚、扁魚、硬尾仔、錦鰻、雜蝦、下雜仔，進到下雜魚棚，分開計價過磅，然後堆在不同區塊的籃子裡，其中以下雜的價格最賤。漁船上的分類大多時間緊迫而粗略，下雜中經常還是參雜價格較高的魚種，大哥若是看到了，就會再次挑揀，我也跟著挑揀。

「白魚幫我揀揀咧，三指半以上ê。」
白帶魚幫我挑出來，三指半以上的。

「硬尾仔（ngē-bué-á）擲彼爿。」
硬尾仔丟那邊。

剛來下雜魚棚時，大哥還會給我這樣的指示，待到我漸漸熟了，也就一邊翻找我要的魚種，一邊自動幫忙挑魚分魚。

「這下雜仔敢是攏愛絞做飼料？」（這下雜魚都是都要絞碎做飼料的嗎？）我直起身，抹抹汗，把魚鱗抹在臉上，指著面前的下雜仔這樣問大哥。

「著啊，這絞絞咧，加一寡營養粉啥ê做飼料。」（對啊！這些絞一絞，加一些營養粉什麼的做成飼料。）大哥回答。

「飼啥啊？」

「白蝦、石斑。其他ê嘛會使。」（其他的也可以）

我望著眼前分類好的漁獲，下雜絞碎做為養殖漁業飼料；白魚同樣絞碎，但純白魚的飼料價格較高；硬尾仔做為全魚飼料投餵給體型較大的石斑魚。這些拖網混獲從來就沒有消失，牠們被冷凍，運送到養殖魚塭，轉換了一個形式，重組成新的蛋白質，出現在超市裡、餐桌上。

我一邊挑選要給謝季恆的魚隻，一邊揀出混在下雜中的白魚和硬尾仔，遊走在不同的分類邏輯之間。

大哥把我找去幫忙搬魚倒魚，擺在地上的下雜籃子快要占滿半個鐵棚。

「多謝啦，今仔日人較少魚較濟，有這規工ê放綾仔ê，嘛有今仔日拖網ê。」大哥這麼說，然後拱拱下巴，指向剛剛倒下的魚。「這較深ê，奇怪ê物件較濟，你揣看覓咧。」

今天人較少魚較多，有這整天的刺網的，也有今天拖網的。

奇怪的物件比較多，你找找看。

黑頭魚科的雙色黑頭魚、燧鯛科的前肛管燧鯛、合齒魚科的小鰭鐮齒魚、青眼魚科的黑緣青眼魚、燈籠棘鮫科的斯普蘭汀烏鯊，這個深度的物種的確很不一樣。

蒼白如鬼的長吻背棘魚屬於背棘魚科、漆黑如夜的白鰭袋巨口魚屬於巨口魚科，銀鮫科的黑線銀鮫綠瑩瑩魅眼一對、單棘躄魚科的阿部單棘躄魚紅通通巨口一方。還有角魚科的尖棘角魚、雉鱈科的日本小褐鱈、短鰤科的短鰤，個體不小，鮮度不差，但無奈就是不受市場青睞，我特別多挑了幾隻準備回家煮湯。

二十五。

八

大哥從下雜之中扯出幾條灰海鰻，丟進另外一個桶中。

「這鰻仔嘛愛揀喔？」（這些鰻魚也要挑喔？）我問。

「著啊，這錦鰻，愛提去做鰻罐矣。」（對啊，這是錦鰻，要拿去做鰻魚罐頭。）他說。「紅燒鰻罐頭彼咧。」（紅燒鰻魚罐頭那種。）

我有樣學樣，從下雜中拉出一條巨大的繁星糯鰻，準備放進裝鰻魚的桶中，卻被大哥叫住。

「彼毋是，彼是白鰻。」（那不是，那是白鰻。）

「這袂使喔？」（這不可以喔？）

「袂使啦，彼全刺。」（不行啦，那全是刺。）下雜魚棚另一頭處理雜蝦的老伯插嘴，他晃到下雜魚堆，挑了一些紅秋姑要去餵白鷺鷥。

「錦鰻刺較少，做鰻罐較會使（做鰻魚罐頭可以），白鰻全刺，無法度食（沒辦法吃）。」

「原來。」我說，把手中的繁星糯鰻放下，然後抓出一條未死的，瘋狂蠕動暴竄的長鯙。「啊這紡車索咧？（那這種長鯙呢？）」

「彼嘛全刺啦！莫掠。（牠也是全身刺！不要抓。）」老伯說，說完提著一畚斗的紅秋姑餵鳥去了。

零零星星再撿了一會，絨皮鮋科的絨鮋、赤刀魚科的印度棘赤刀魚、長尾鬚鯊科的梭氏蜥鯊、鰩科的尖棘甕鰩，長短胖瘦，型態各異。電鱝科的日本單鰭電鱝鼓著肥厚的發電器、軟腕魚科的日本軟腕魚拖著果凍狀的身體、扁鯊科的臺灣扁鯊滲著渾身黏液。還有那些鮃科的、鰈科的、鰨科的、舌鰨科的物種，各個歪嘴斜眼，扁平如落葉。三十六。

「扁魚嘛會當幫我揀出來。」（扁魚也可以幫我挑出來。）大哥看著我滿手的比目魚這樣說。

那一籃子一籃子，被另外挑出來的比目魚大多是鮃科的物種，參雜少量的鰈、鰨、舌鰨。比目魚分有盲側和眼側，眼側的一面肉較多，可以片下魚肉之後製成魚乾零嘴，而剩下的魚頭魚骨則烘乾、碾碎之後做為沙茶醬的主要成分之一。大哥這樣說。

「噢，沙茶醬喔？」

「著啊。」（對啊。）

「火鍋搵料彼咧？」（火鍋沾醬那種？）

「著啊。」（對啊。）

「哇嗚，我攏毋知是用扁魚做的。」（我都不知道是用扁魚做的。）

下雜魚棚旁有一條淺溝，一路通往內港的海水，大哥從下雜魚堆中挑出一條巨大的費氏棘茄魚，丟到溝裡。我走過去把牠撿了起來，棘茄魚有著紅通通的、圓盤狀的身體，把手指插進牠的兩眼之間，還能把牠的吻觸手擠出來，很是可愛。蝙蝠魚科，三十七。

「這恁不愛喔？」（這你都不要喔？）我拿著棘茄魚問大哥。

「彼傷有(tīng)矣，機器絞袂落，會害去。你若是無愛就擲去溝仔底。」（那個太硬了，機器絞不動，會壞掉。你若是不想要就扔到溝底去。）

「我愛。」（我要。）

「好矣，你提去做研究。」（你拿去做研究。）他還是認為我是做研究的。

溝底還躺著更多進不了絞肉機的魚隻，披金甲的日本松毬魚、穿紅鎧的瑞氏紅魴鮄、戴赤盔的皮氏豹魴鮄。我通通撿了起來，松毬魚科、黃魴鮄科、飛角魚科。

四十。

我把魚隻打包，放進冰桶，揮手向大哥道謝，轉身離開下雜魚棚。

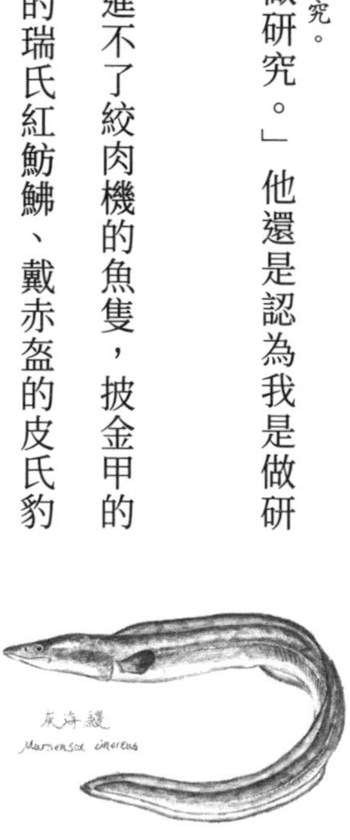

寄生蟲

「你最近還有在跑大溪嗎？」別校的學長傳來訊息時，我正縮在學生宿舍由床板、書桌、衣櫃組合而成的緊迫空間，在電腦上翻找下周設計課要用的資料，宿舍寢室本來就不寬敞，在住進四個男生之後更是被雜物堆積得幾乎無法下腳。

「有啊，」我說，「事實上，我明天就要去了。」

「可以幫我找找看有沒有魚的寄生蟲嗎？我們實驗室有人要。」

「沒問題啊，」我一邊回覆一邊啃下半片吐司，「不過我感覺不常見，之前只看過一次，然後就不小心被我沖進洗手槽了。」

學長不再回覆，點了個藍色的讚。

我從座位上抽身，摟住座位在我對側的室友沈瘦子，他耷拉著及肩長髮，下巴蓄一叢黑鬚，正全神貫注在做他的舞臺模型。

「有人找我去幫忙揀魚欸。」我用手臂箍著他的頸來回搖晃，「明天去大溪是有任務的！」

「噢，嗯，很棒啊。」沈瘦子緩慢回覆，「但你把我的模型小椅子弄壞了。」

隔天是假日，沈瘦子昨晚大概熬夜做模型，還在睡，我卻很早起床，開始翻找揀魚的裝備。

雨鞋塞在衣櫃和牆之間的夾縫中，被蓋在受臺北潮氣而觸感濕潤的素描練習下面；冰桶藏在衣櫃底下，和筆記潦草的劇本全部堆成一落；鐵耙子和製圖工具被塞在同一個箱子裡；橡膠手套和劇場上工用的手套被扔在一起；裝標本用的各種尺寸的夾鏈袋則散落在各處，出現在桌面、書架、夾在整疊的設計圖稿之中，甚至掉進了我的舞臺模型。這些東西縮在暗處，偷偷竄藏若隱若現的魚腥味。我穿上有白色魚類黏膜乾漬的工作長褲，套上魚鱗沾附摳挖不去粗糙斑駁的長筒雨鞋，把其他東西隨手塞進保冷袋，舒展一下身體，全身骨骼劈啪作響。

「你把這裡弄得很亂。」沈瘦子被吵醒了，從上鋪傳來這樣一句話。

我看向被我翻得凌亂的床位，和強占他人空間的蔓延雜物，有點懶得整理，「我回來再收。」說完我就踏著硿硿作響的雨鞋步伐，離開了昏暗混濁的寢室。

著這身裝備暴露在臺北的日光下，把平時在桌前作畫的身體交由另外一人掌控，準備執行不尋常的任務，有些不安的侷促。

機車轉捷運，捷運轉火車，這鐵殼子把我和我運到了大溪。

到了下雜魚棚後不久，大溪開始下雨，初時雨絲稀稀，然後越來越大，伴著強勁的海風掃進下雜魚棚。雨這麼大，我也無處可去，只能待在下雜魚棚，挑挑揀揀，和大哥聊天，有一搭沒一搭。

「你講你讀啥？藝術大學喔？」
你說你讀什麼？藝術大學喔？

「著啊。」
對啊。

「真好啊，來揀這咧嘛袂穤。」
很好啊，來挑這些魚也不錯。

大哥咕咕噥噥，坐回棚中比較不受雨水噴濺的地方滑手機去了。我回到雜魚堆，隨手拾起死魚，撬開魚嘴、掀起鰓蓋、撥弄魚鱗，檢查一切存在寄生蟲的可能性，毫無收穫。只能把一些沒見過的魚收集起來，長吻棘角魚、鬚叉吻魴鮄，和幾條我叫不出名字的燧鯛。

然後我挖出一條不起眼的魚，眼無神、體無光、破鰭爛尾，鰓蓋不尋常的鼓脹。我掀開鰓蓋，然後看到了牠，晶瑩剔透，如珍珠般皎潔，那是隻等足目的寄生蟲，靜靜趴在魚的鰓部。

「碰！」我在學長的實驗室，從保冷袋中拉出打了冰的塑膠袋，放進水槽中。袋中有大小不一的八條魚，一尾橫帶新鼬鳚、兩尾窄吻腔吻鱈，與我初次會面寄生蟲的寄主，也是樣本數最多的喬丹氏短矮鱈。在見到寄生蟲後，便地毯式的搜尋相同物種，與近似深度的魚隻，找到不少樣本。

寄生蟲潔白、肥胖，與其說牠是趴在魚的鰓部，牠更像是經過細緻的嚙咬與啃噬，在魚身上創造一塊自己的形狀的凹槽，然後精巧的把身體安在裡面。牠將自己化為魚身上的一塊肉，各自獨立卻又緊密相依。魚甩不脫這不請自來的夢魘，只能攜著牠在海底漫遊，最後一起赴死網中；蟲離不開這副血肉的裝甲車，偷天換日，甘願在魚鰓待一輩子。

我用鑷子把牠從魚鰓挑出來時詫異地注視，蟲的腹部出奇的大，大到排擠了牠那六對細足，只能委屈地縮在體側。這塊腫囊被半透明的薄膜層層覆蓋，我用鑷子將薄膜夾起，如翻動摺疊的書頁，揭露了底下千百對黑眼睛。蟲悄悄地在此處懷上了新的生命。

我把魚提起準備放進冰箱，魚嘴卻咳出一錠異物，是那瘦削的雄蟲，自始至終伏在魚的咽喉。

我自己留下了一條標本，在罐子上寫下標籤。

Gadella jordani，2020.06.18，Daxi fishport，-300±50.

（*Cymothoidae parasite*）

我更喜歡叫這魚的學名，Gadella jordani。學名，只屬於一群我無法企及的專業人士，不同於凡人，只有他們才會需要使用遙遠的拉丁語，拼裝名詞與形容詞，好來表述一個特定物種，這是頭腦混沌，把鼬魚目、鱈形目、鮟形目等一概長相相似的魚隻通通稱作海鮟仔的人不懂的講究。學名是咒語、是暗號、是密碼，用我的口舌模仿咬出這樣的單詞，*Gadella jordani*，充滿了僭越的快感。

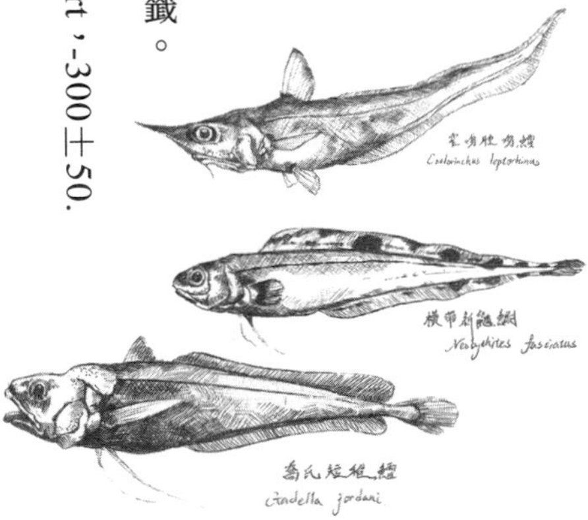

Gadella jordani，我一邊走上歸途一邊念著唱著，美妙的聲音在咽喉和口腔間流動，兩腮有新生命的雀躍。

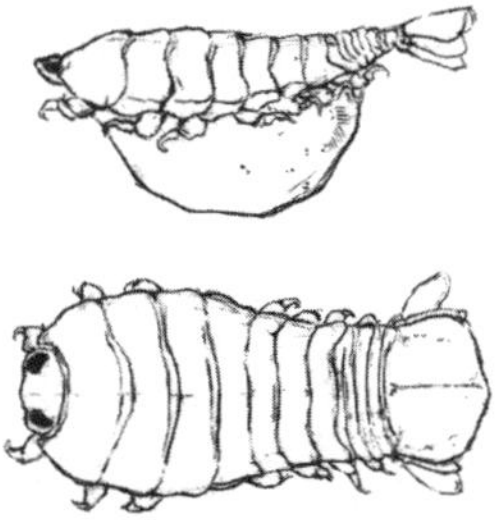

回到寢室，面對的是早上出門時翻箱倒櫃留下的一片狼藉。

「欸，你要不要整理一下啊，」沈瘦子再次抱怨，用手比劃我被轟炸過的床位，「反正也學期末了，差不多可以清宿舍了。」

我咕噥一聲，拖出幾個紙箱，開始把散落各處的雜物通通塞進去。那些製圖的尺規、素描的炭筆、車縫的針線、剪裁的布樣、水彩、圖紙、畫筆、彩料、劇本文件參考書籍，裝滿了三個紙箱，疊成一落。

桌上遺留那罐今天新帶回來的標本，我伸手把紙箱中的雜物撥向一側，清出一個小小空格，啊，剛剛好，正是這標本罐的大小。

展鰭

「您好，抱歉打擾了，想請教您魚類的標本是如何拍攝的呢？」

那天下午，我非常不要臉地傳訊息給 Victor，問了他這個問題。我根本不認識 Victor，只是見他總能拍出規整而悅目的魚標本照片，心裡十分嚮往。Victor 倒也爽快，簡略敘述了一下他拍魚的方法，並傳給我一份博物館發行的魚類標本製作手冊。

「不然，下禮拜如果我有要處理標本，你可以過來我的實驗室，讓你看看我習慣的 setup。」最後他這樣說。我有些受寵若驚，但肯定是立刻排空了時間，等待下周的到來。

實驗室窄小、潮濕，有刺鼻的福馬林味，Victor 和我聊了兩句，便遞上一盤子魚，帶著我製作。

用清水沖洗魚體，同時稍稍揉捏，讓魚體不再僵硬。接著點起酒精燈，把手術用剪刀放在透明的火焰上加熱，再用手術剪刀取下魚體右側的一塊肉，留存在組織罐中。

魚頭朝左，平放在保麗龍板上，把粗針打在魚體四周，固定魚體使之不會滑動。接著從背鰭開始，拉出第一根軟條或硬棘，再用細針抵住，由此把魚鰭展開來，一根一根，從前而後，從背鰭、左側腹鰭到臀鰭，最後再把左側胸鰭平貼魚體、尾鰭平貼保麗龍板同樣展開，每一片魚鰭的每一根硬棘或軟條都不再重疊或糾纏，死魚的鰭鬣怒張，在保麗龍板上以誇張的美感占據了好大一塊空間。

然後用滴管，在魚鰭基部和鰭膜上滴上高濃度的福馬林，靜置幾分鐘後，再滴一次，再靜置幾分鐘。此時魚鰭便被固定，把剛才插下的細針拔走，魚鰭仍然保持在過分完美的展開狀態。

Victor 把展鰭固定好的魚放進架高的水槽裡，水槽下鋪上黑布，並在水槽兩側架起了燈，交叉打向魚體（這時我暗念了一句：「這樣的打燈方式在劇場裡叫做 High cross。」），然後調整相機，按下快門，死魚就被保存在相機小小的螢幕裡面。

「接下來要把魚放進低濃度的福馬林裡面泡一段時間，讓魚體完全防腐，泡了之後顏色就會全部不見，所以現在拍這張照片很重要。」Victor 這樣對我說，並把相機螢幕轉向我，讓我看到那條浮在失焦的黑色背景上的，紅豔無比、魚鰭根根分明的，以一種極美的怪異姿態被典藏的魚隻。

之後我從漁港帶回的每一條魚，都依循這樣的流程製作，並拍下照片。

我幫著大哥，把裝著磅好的雜魚的，一百一十公斤的大籃子扛起，再將裡面的雜魚倒進地上放置整齊的小籃子裡。這批漁獲捕撈深度比較深，大多是雙色黑頭魚，從大籃子倒進小籃子時，只見到牠們漆黑的頭部和深棕的魚鱗，如瀑布一樣洩下，堆成一座反光燦亮的小丘，小丘之下，有一張圓眼大鼻子的笨臉在看我。我把這張笨臉拽出來，是一隻大頭隱棘杜父魚（沒錯，就是和因為一張衰臉而爆紅的水滴魚同屬的物種）。我把牠扔進一旁我向大哥暫時借來的籃子裡。

一條通體雪白的絲鰭鱈、一尾吻端尖刺粗厚的棘角魚、一隻齜著暴牙的錐齒隱魚、一尾銀光耀眼的刀光魚、一條武裝橘色硬鎧的叉吻魴鮄，還有更多的稀少罕見的魚，在不同的日期的同樣的下午，被我從一籃籃的雜魚之中挖出來，放進這個籃子裡，然後在天將暗時放進冰桶，搖搖晃晃搭上火車去到臺北。

燒過的手術剪刀，剪下絲鰭鱈的一片胸鰭、裁斷刀光魚的一葉腹鰭、摳啊挖啊地從隱棘杜父魚身體右側弄下一塊果凍凝膠狀的魚肉，通通裝進組織罐中，用酒精保存。

然後，魚頭朝左，開始展鰭。

「展鰭是為了記錄這些數字，硬棘和軟條的數量在物種分類上是很重要的資訊。」Victor 那時這樣對我說。

於是我在等待福馬林生效的空檔，抓起一張紙，胡亂找個空白處，寫下這樣的潦草資訊：

長刀光魚 *Polymetme elongata* D 11.，A 33.，P_1 10.，P_2 5。

方吻叉吻魴鮄 *Scalicus quadratorostratus* D VII, 20.，A 20.，P_1 14.，P_2 6。

粗吻棘角魚 *Pterygotrigla cajorarori* D VIII, 10.，A 12.，P_1 15（3 lowermost rays free）.，P_2 I, 5。

絲鰭鱈屬 *Laemonema sp.* D 5-61.，A 60.，P_1 14.，P_2 2.，C 10。

魚頭朝左，是為什麼呢？我曾不止一次的這樣好奇。

我在細數絲鰭鱘第二背鰭密密麻麻的鰭條時驚覺，魚頭朝左，魚尾朝右，魚成為了一個文本，而鰭條是橫書的句子，我順著習慣由左而右閱讀，用科學的數字為這條魚加註，而這一次次的閱讀，意外造就了絕美的畫面呈現（而閱讀鰈與鰨時總是特別艱辛，因為眼側在右的關係，這類魚的標本會魚頭朝右展鰭）。

我想，科學與美學從來不曾對立，更不曾被分割，只有愚者才會想要強硬的區分二者。科學與美學都只是一種手段、一種實踐、一種閱讀自然文本的視角，兩者互相滋養，在彼此身上扎根，開出鰭條綻放的花。

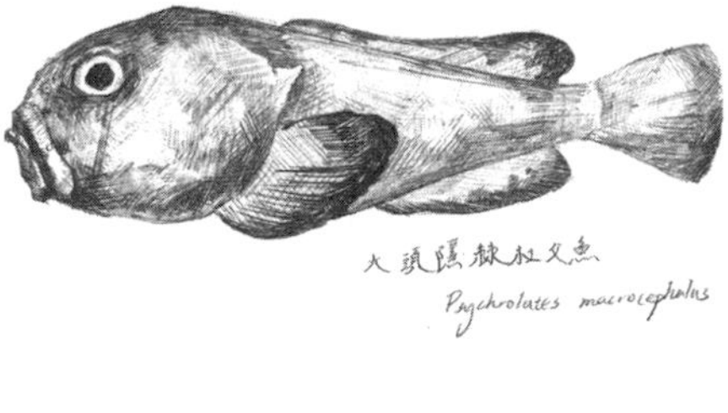

相機

孔胖子很義氣，知道我想拍照，二話不說就把他的舊相機，連同充電線、電池、記憶卡，和一遠一近兩顆鏡頭通通借給我。

相機借來本是為了拍攝魚類標本照片的，要拍那些臥在水缸裡，滴上福馬林，鰭鬣怒張，極美卻不自然的魚隻。但我偷了半天閒，挎上相機，踹醒老機車，在大熱天的中午從關渡騎到沙崙，那一彎細狹的沙灘，也許能拍些活物吧，我這麼想。

中午的沙灘陽光炙熱，把我的眼鏡鏡片烤出幾個焦斑。天上有幾隻鴴頂著風飛行，遠處的礁石邊雜停著一隊鷺鷥，更近一點的地方佇著一隻鷸。我提起相機，鷸穿過景窗，停在九宮格中的準星上，按下快門時，我手抖了一下，鷸在畫面上糊成一坨，像一顆插著筷子的爛麻糬，我咂咂嘴，把照片刪掉，嘗試走近一步。

群鳥察覺了我的逼近，紛紛鼓翅，飛離了沙灘。

我踢掉鞋子，走到海浪碎裂的邊緣，那是海水、陸地和風的交界。碎沙變幻、浪濤推擠、風吹得衣褲獵獵作響，身邊的所有物事都在變動，我感受著時間的沖刷，感受過去的我被淘蝕。

拿著槍的時候，看什麼都像獵物。

一陣風吹過，濱刺麥支起長腿，一步一顛，越走越快，瘋也似的滾過沙灘，卻突然拐到了腳，溺死在湧上的白浪裡；一頭烏魚半埋在沙中，張嘴，無眼，全身鱗鎧被曬成死灰色，黃沙騷竄，偷走幾片鱗和右邊胸鰭；一捆金紙落在水邊，沾滿鹽粒和沙，每一次的浪濤沖刷讓牠左挪右移。

我在空間中狩獵時間，我看準了在死亡烏魚魚頭邊，盤旋蒼蠅膜翅撩起的琉璃閃光。瞄準、穩住、扣動扳機，轟隆一聲響，我的手被震得沉了一下，子彈只擊中獵物的肩膀，它哀嚎著向過去逃竄，留下驚慌的殘影。

深海物流

「我原本今天要去大溪的。」我坐在租來的自排小貨車副駕，瞪著夜晚的公路這麼想著。

晚間的工作終於結束，Basaw 單手抵著方向盤，抓了抓久坐的大腿，擾動一身的菸味，攪濁了車廂內的空氣。然後他猛踩油門，把時速勉強飆到一百零四，小貨車轟隆怒吼，潛入苗栗的雨夜中。雨珠很大，啪答重擊擋風玻璃，很快將窗外的夜燈撞碎成雜錯的紅黃光斑，需要由呱呱怪叫的雨刷撥開。

「……」Basaw 說了些什麼，被發狂的雨和引擎淹沒。

「啊？」

「我說，旁邊那臺車。」他扯開嗓子，偏頭示意，一輛大卡車正駛過我們的身側，「他的燈很炫。」此時大卡車打起了左轉燈，側邊一串耀光明滅，鎏了金的龐大軀體吞噬一部黑殼子小車，占據我的窗景。

我打開手機，隨即關上，呆望窗外一陣，很快又再次點亮螢幕，點開臉書介面，第一則貼文就是魚販上傳的，大溪漁港的當日漁獲。櫻花蝦、零星的白帶魚、櫻花蝦、還是櫻花蝦，在捕撈櫻花蝦的季節看到此景好像也不值得意外。我用兩指將圖片放大，試圖在解析度差到只剩下方格點陣的色塊中辨識混獲雜魚，白帶魚、裸蜥魚，還有許許多多的燈籠魚，那些灰身體，大眼睛，即使上了岸死在籃子裡一身的發光器依舊璀璨如星的小小稚仔。

「無聊。」我關上手機，癱回椅子上。

夜晚的公路並不顯得冷清，許多的貨車群游著飄過我們身側，他們貪用這多數人酣睡的時段，一一從幽暗的車庫裡駛出，奔馳著運送那些理所當然出現在商販、店鋪、市場，或是你家巷口雜貨店的產品。這些貨車的身上裝飾著光點，前額、後頸、頦下、兩腮、腹脇、臀尾，四輪、六輪、八輪，甚至十二輪的，以掠食者的俯視姿態，曳著光絲漂游。

Basaw 剛剛抽了半包菸，精神還很好，還能隨著引擎吼聲中勉強透出的外國歌曲哼上兩句，播音樂的喇叭上白線條的電子時鐘跳轉，寫著 00：00，我打了一個大哈欠，眼窩注滿一汪淚，迷濛中我透過眼中洶湧的淚墮入半夢的夜路幻影。

雨看上去沒有要停下的意思，像是挪用了整片海洋的水，將要把陸地注滿。水位節節竄升，從一開始不過兩個指節深，還會被疾行的車胎劈成魚尾分岔的深淺積窪，漸漸沒過車胎、沒過窗沿、沒過車頂，隨著高漲的水位封埋眼耳，世界隨即也沒入了一片寂靜的海底。前方的大貨車在水中前進不得，磕磕碰碰翻覆在路肩，車屁股的門閂崩脫，車斗內的貨物翻滾散落，一箱一箱，是物流公司的包裹。更多的貨車翻覆，它們腹中裝載的貨物撒在如今是海床的公路，農產、食品、木料、信件、網路購物的盒子、某個搬家的傢伙的家具，大小物件散落，如一地降雪。

我搖下車窗，從窄小的窗框掙脫，擺動四肢逃向漸遠的水面。水面在幾百公尺的上方，我笨拙地前進，撥動寂靜的黑水，感受冷冽的液體滑過我的指縫。

有細小的光點閃過我的身側，成群結隊，如天穹繁星卻又伸手可及，急匆匆湧過緩慢前行的我，把我沖成銀色湍流中的孤石。它們似乎和我一樣，也要前往水面，一簇光點在我眼前稍微停歇，讓我得以憑著那稀微星光看清光點主人的全貌，鈍頭、大眼睛、一身亮晃晃的銀鱗、還有腹側的一列發光器，正是我幾十分鐘前評價為無聊的小魚，燈籠魚，我無聲的叫喚。

這魚實在太多了、太大量了、太過鋪天蓋地以致總是使我視而不見，對於一雙在萬千雜魚堆中尋新獵奇的蹙眉瞇眼中，牠們不過是無頭無尾的一攤濕泥。燈籠魚的鱗片容易脫落，上岸後總是一身的銀鎧殘漏，露出底下嫩粉紅的赤裸身軀，和車胎壓痕的肌肉波紋。但在滿漲黑水之中，燈籠魚披一身晃眼銀鱗，綴一列曲折星斗，打著沁冷的藍色鬼火，專心一意向海面移動。我看著這上萬魚群集體向海面奔赴，組成一條發亮而舞動的寬帶，海平面分隔天空與深淵，內太空與外太空的兩條雙生銀河在此交匯。

是在追尋什麼呢？

我對著銀河發問。一尾燈籠魚稚仔張開寬嘴，像是要回答一般，但旋即閉口吞下一撮東西。魚群開始逡巡，在海洋表層附近攝食，牠們張口吞下浮游生物，那是在大洋表層漂泊，接受白晝時烈日餽贈而蓬勃繁殖的細小生命。燈籠魚仰賴這些日光造就的豐腴食物，卻不願在日間與淺海的精悍物種爭強，於是白晝時隱匿在無光的深水中，只在入夜之後向上遷徙，一口一口，撿拾收集陽光的碎片，集裝成袋，在胃中把陽光融化，化作一身的晃眼銀鱗和車胎壓痕的肌肉波紋。

和燈籠魚一起每日晝夜遷徙，貪婪搜刮陽光碎片的還有許多的細小蝦類、魚類和頭足類，牠們為燈籠魚毯狀的銀河提供了複雜的顏色質感。

我選定一尾燈籠魚，隨著牠的俐落星軌在斑斕銀河中流竄，牠卻突然不動了，陷入了一架機械鉸鏈般的巨口之中。

是巨口魚，那一排彎刀狀參差獠牙，一雙圓睜的怒目，眼下鑲一對紅色發光器，如車頭大燈掃視幽暗海水。頦下墜一絲短鬚，鬚末端分岔，突變出蝦鬚蝦槍，和一球硃砂點頭為蝦腦，這隻傀儡假餌專門誘騙無知小魚赴死獠牙陷阱中。

巨口魚隨燈籠魚群而去，更多同是巨口魚目的獵者緊隨其後，這些以燈籠魚為食的物種同樣的日日夜夜遷徙，匍匐在陰影的邊界追逐魚群。閃電燭光魚一張闊嘴扁臉的貨車車頭，黑柔骨魚眼下紅黃兩色發光器的探照大燈，斯氏蝰魚背鰭第一鰭條的收音天線，棘銀斧魚背刀的玻璃窗，帶紋雙光魚燦白的烤漆板金車身，柔身纖鑽光魚烏暗的底盤曲折管線，白鰭袋巨口魚頦下鬚的防靜電拖地帶，印太星衫魚膨大鼓脹的胃袋的貨車車斗。這些有著機械凶神嘴臉的古怪魚類一個個張開誇張的巨口，把集裝陽光的燈籠魚放進胃中，滿載之後，牠們將在日出之前潛入深淵，同時將陽光的恩賜以糞便或肉體的形式賜給幾百公尺之下的深海。這些晝夜垂直遷移的大小生物，每日一點，每日一點，把太陽輸送到幽暗的水中。

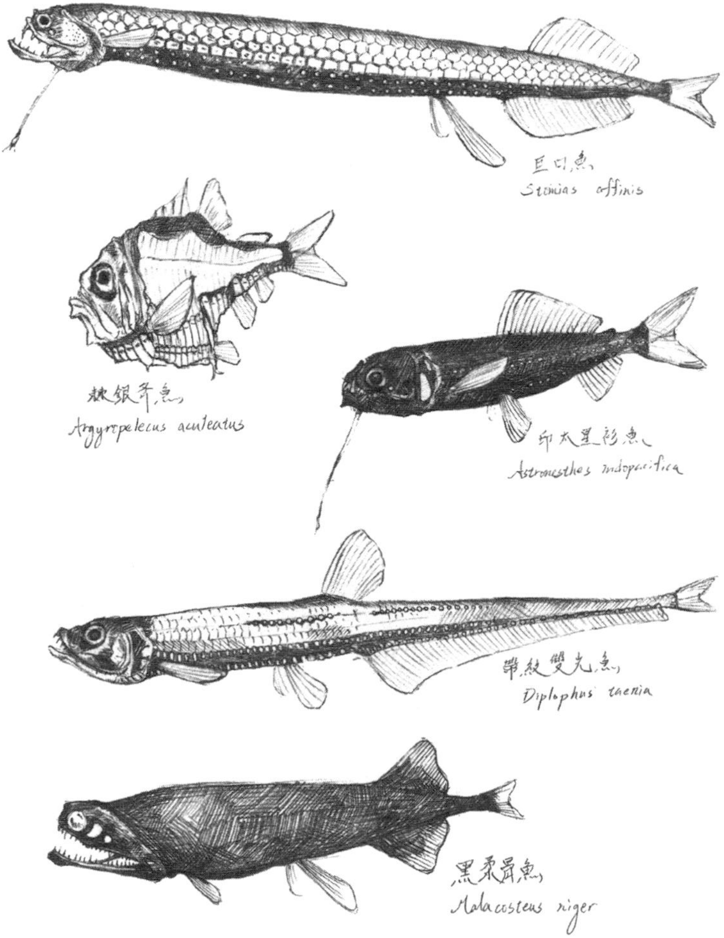
巨口魚
Stomias affinis
棘銀斧魚
Argyropelecus aculeatus
印太星衫魚
Astronesthes indopacifica
帶紋雙光魚
Diplophus taenia
黑柔骨魚
Malacosteus niger

巨口魚們點亮全身發光器，掠過我的眼前開始下潛，眼角、下顎、頦下、兩鰓、腹脇、尾柄，一串串光絲迷離，漸遠沒入夜黑深水。

八

「到了。」Basaw 把我拍醒，自排小貨車已經離開大車呼嘯的高速公路，停在臺北街頭的一塊空地。「我去抽根菸。」Basaw 這麼對我說。

餓死了，我晃進最近的一間便利商店，一臺碩大的貨車堵在店門口，店員老頭正在補貨。我抓了一粒飯糰，飯糰上摁進了一顆黃金太陽色澤的剖半溏心蛋，我剝開包裝啃了一口，回頭看到 Basaw 倚著車門吐出最後一口雲霧，黑夜中青煙氤氳，如異腕蝦的螢光墨漿。

雜蝦

清明節，仗著自己是學生，還享有難得的連續假期，發了則訊息給C，「一起去一趟蚵仔寮漁港吧。」我這樣說。

我和C是在網路上認識的，說他是朋友吧，但在此之前從未見過面。他的臉書個人介面空無一物，大頭貼是預設的灰底白人頭，只在聊天中得知他學的是牙醫，專長是做骨骼標本，非常偶爾地，我們會交換南北兩地的雜魚，冷凍的死魚成為我對臺灣島南端漁港盛暑的碎片想像。

C穿著右胸車著口袋的翻領上衫，合腰的牛仔長褲，白色運動鞋，立在漁港鋼棚的陰影之下，這身打扮實不像在漁港下雜，衣冠楚楚更像是剛從親戚家作客回來。C掛細框眼鏡，挎著後背包，出口的每一句話都輕巧、簡明、銳利，鋒利如手術刀片。

我和C站在漁獲卸貨區，等待漁船進港，周圍三三兩兩群聚慵懶的人群，或站或坐，大多靜止不動，間或抽動眼皮或搔抓耳根，如海產店門口魚缸內待餵養的魚隻。

我去一旁的公廁撒了一泡尿，完事後褲帶都懶得繫了，垂晃著腰間兩條蝦鬚一樣的繩子在水槽邊洗手。大概是正迎著海風的關係，水龍頭的把手上結了嶙峋鹽垢，崎嶇如毒鮋頭頸。水龍頭的出水口被安上了省水閥，打開之後只有呲呲叫的傘狀水霧，我等了許久終於掬起一瓢清水，把水糊在頸根，希望能抵消一些暑意。

回到港邊，和C隨便聊著和魚有關的話題，船還沒進港，我打開手機，看到雷達軟體上幾個代表漁船的黃色箭號慢慢靠近橙色的陸地，走得離水近了些。

一陣旋風颳起迎面朝我撞來，攜著蚵仔寮成塊的暑氣，挾帶一旁海灘的黑沙，旋風揭走了適才塗抹在脖子上的清水，留下炙熱的粉塵。沙附在眼鏡鏡片，便把眼前掃成濛濛的灰色，更多的沙灌進我裸露的臂膀與小腿，星布時不時抽一下的麻癢與刺痛。我眼前混沌，思緒瘀腫，於是拔掉眼鏡，用右手食指與中指在眉間掐出一道痧痕，紫黑如斧鑿的豁口。

漁船終於進港，船身犁開港內褐綠色的海水，滾出混濁的浪。翻騰的白泡間有受驚的魚群，在水面處炸起銀色的亮花，一隻隻擺著尾巴騰入發脹的熱空氣，淺淺滯留後又側著身體墜入水中。港邊聚集了一隊小白鷺，細脖子上兩條纖纖繁殖飾羽沾染黃色油汙，其中一隻曲著頸子啞聲大叫，隨後跟著其他鷺鷥一起飛向船後銀鱗四濺的犁溝，牠們鼓翅懸空，爪間掠水，突然伸長脖子啣起一尾彈跳的魚，然後飛到漁港的鐵皮屋頂上仰頭把魚吞下。

漁船用捲揚機把一桶桶的漁獲吊上岸，人群便圍了上去，搶著看桶中的漁獲。漁工不耐煩，繃著臉剖開人牆把魚拖走了，我被擠在人群之外，只隱約瞥見海冰水中紅秋姑的頦下黃鬚一對，還有蒸出黏稠尿騷味的幾尾雙髻鯊。人群跟著魚群走了，捲揚機又吊上來兩籃子東西，小魚雜蝦，怪蟹破螺，便是那無人聞問的下雜仔。

在初來的漁港，我有點過分的膽怯，不太確定什麼能碰什麼該碰，只是立在鋼棚的陰影下，深怕一個不經意的眼神招來火燎的怒目。我想我已經習慣大溪漁港那遙遙與市場相望的雜魚棚，有港邊的冷風、生鏽的鐵秤和大哥不三不四的葷笑話。蚵仔寮的熱浪裡耀手喊價聲高亢，伴有漁船引擎轟鳴與爛機車排氣管噴吐的細碎屁聲，如一折大鼓小吹的亂彈戲，嗚哩哇啦為這赤日助興。C倒是自在得很，一一指著事物叫喚他們的名字，「那是蝦子阿婆。」他指著一個阿婆這樣說。

也許C說的是「下雜阿婆」，他的文弱語音在暴漲的漁港嗚呼被幾近淹沒。在我來得及細究前，蝦子或下雜阿婆已經湊到滿是蝦子的下雜魚籃旁。她頭罩被太陽晒得脫皮的碎花布、臉蒙燦白的醫療口罩，一手摟著小鐵桶、一手攫著園藝小鏟子一柄，鏟面遍布疣凸的泥垢與鏽斑，彷彿她起皺的手掌的延伸。

蝦子或是下雜阿婆的動作很慢，鏟面的鏽斑滲進了她的身體，淤積堵塞在關節處，以致她每一次的關節挪動都充滿了艱辛的呻吟。蝦子或是下雜阿婆用鏟子翻動眼前的下雜魚，挑出鮮度尚可的小蝦、鎖管、扁魚，放進桶中。

我忍不住不看她，看她執鏟子的手，和桶中沾染汙泥的雜蝦。

觀光魚市就在漁獲拍賣區的旁邊，在漁船進港前的無聊等待時間已經和C去晃了一圈。規劃工整的攤位頂著半開未開的日光燈，玻璃水缸中氣泵吐出的水泡擊打缸中的蝦鬚蟹爪，打了冰的檯面上參雜著養殖與進口水產，以及前一天沒賣完的本地漁獲。

「啊，龍角，真大尾。」我輕呼，看著好大一條趴在碎冰上的闊頭紅魴鮄。

「牠在這裡有幾天了吧。」C這麼說，「這幾天都看到牠。」

魴鮄頭盔遍布網狀的繁瑣凸紋，向後長出的鰓蓋棘直指披著骨板甲冑的身軀，露出兩根手指一樣的游離鰭條巴著冰塊；頭盔向前伸出如堆高機貨叉的吻凸，底下垂著軟趴趴的頤下鬚一對，頭盔中嵌著的一對凸眼因為反覆解凍的關係，顯得灰白混濁。我站在原地看了一會，魚販大概想說這魚除了趴在臺上招人注目之外也賣不走了，只瞥了我一眼，連叫賣一兩聲都懶了，坐回椅子上繼續搧扇子。

魴鮄即使死了還是固守活著的姿勢，不似其他側臥在冰上或盤中的魚，牠一身的堅硬甲冑將牠塑成一尊不死的立像，彷彿牠隨時會支起游離鰭條，巍顫顫的漫步，用吻端的堆高機貨叉翻攪蚵仔寮海底的溫熱淤泥。

但魴鮄終究是死了，牠頂多只能成為出遊情侶枯燥對話的機械降神救星★。

「這裡好熱啊。」女孩這麼抱怨，從繫金鏈的白色牛皮側背包中掏出紙巾，小心的沾去臉上的汗珠，抹糊了棕色眉筆畫出的一彎眉毛。

「啊，妳看那條魚，牠長得超怪的。」男孩強硬地把話題和視線轉到趴著的魴鮄上。

男孩看著女孩與死魚互瞪，默數了三秒，發現這個話題沒什麼搞頭，拉著女孩去冷氣強勁的便利商店吃冰了。

下雜或是蝦子阿婆沒有任何表情，鏟面的泥垢覆蓋了她的臉，在烈日的烘烤下乾成泥殼子，然後龜裂出細紋。阿婆拿起鏟子，戳進滿是灰色軟魚的下雜籃子，籃中的物種尋常而單調，我和C已經翻過兩輪了，沒什麼值得挑出來典藏的東西，只有蹲在一旁，偶爾伸手拉出一兩枚魚鰭，辨認出一條鯒或魽，然後放回籃中。

我試探性的遞上一條蝦給阿婆，蝦槍銳利，蝦殼豐碩，泛著懸日嫣紅，與她桶中堆積的當屬同一種。這些魚蝦水族將在今天日落後過油炒過，下水焯過，或是成為浮浮沉沉一鍋湯？我自以為我嘗到了這鍋湯複雜的腥臊與苦澀。

下雜或是蝦子阿婆沒有接過我遞上的蝦，她用鏟子翻動軟魚把那尾蝦埋住了，然後用手挑出另外一尾蝦。她用拇指與食指挑蝦，中指、無名指與小指扣著鏟子鏟柄，使得鏟面硬氣地向上挺立，鏟子尖端在某一個抖動中在我的眼鏡鏡片上擱下一條灰綠色泥斑痕汙。

大概是清明節的關係，那天不過就兩條船，四籃子下雜，我什麼魚都沒帶走，晃了半晌，看著小貨車把雜魚載走了。

港區的人群散去，C上廁所去了，沒了人群與魚群，我的視線也失去標的。於是我找到一個漸遠的身影，摟著鐵桶蒙著碎花布的，在高溫膨脹的空氣中占據我的視野，蝦弓著背脊走向混濁如滾湯的老舊建築街景。

我就這麼愣看著她，直到C上完廁所回來。

★註：Deus ex machina。在戲劇中，突然出現的、牽強的解圍角色，用以化解戲劇之中的難題。

釣魚

Victor 約我去定置魚場逛逛，我沒去過，又有大前輩引路，自然是答應了下來。Victor 把我加進一個聊天群組，群組裡大家討論著去完定置漁場後的其他行程。

「不然去附近釣魚吧。」其中一人這麼說。

「好啊，我可以開車，我知道附近釣魚的好地方。」

「我可以帶釣具。」

「我有冰桶。」

群組只剩下我沒發言，可我卻不會釣魚。

「我帶個鍋子吧，我會煮魚湯。」於是我說。

結果定置漁場為了防範颱風，把網具都收起來了，沒有漁獲，更沒有預想中大桶卸魚的壯觀場面。港邊的水下，體型碩大的管口魚和叉鼻魨貼著堤岸慢悠悠的游動，更遠一點的藍綠色海水中，有成群的鯿魚游過，數以千計，銀色的軀體反射日光。幾人懶洋洋地看了一陣，看著鯿魚群從港頭游到港尾，再游了回來，實在沒什麼搞頭。

「直接去釣魚吧。」有人這麼說。「現在去可以釣個三五個小時呢！」

在可以釣魚的堤岸，我站在漆上黃黑色警示條紋的水泥塊上，手裡提著分配到的魚具：一段魚線、一枚魚鉤、一顆鉛錘。魚線如活物，鑽過鉛錘、攬住魚鉤，魚鉤銜著蝦仁一枚，魚線尾巴安分地一圈圈纏在左手。我用右手掐住魚線脖子，讓鉛錘來回擺盪，如時鐘鐘擺，一秒一盪。然後右手往前，一托、一帶、一鬆，鉛錘曳著魚線颼颼劃破空氣刺入前方，然後斜斜插進水面，插成四點的鐘錶時針。

鉛錘拉著魚線往下，我無法看穿藍綠色的水面，搭在我指節上的魚線成了唯一的訊息來源。稀微的海流湧動，拉著魚線左右搖擺，兩隻拖著美麗延長鰭條的絲鰺游過，突出的銀眼對著五點時針的魚線打量一番。「中魚啦！」朋友大喊，從水中拉起一條臭肚，扔進冰桶後再次上餌出鉤。

我的魚線繼續往下，終於落在不深的海床，鉛錘觸地輕輕震動後，魚線和我站立的雙腳平行，成了六點的時針。突然魚線有了動靜，傳來強大的拉扯，魚線彈跳、抖動，向開闊的海逃離，用力割進我的皮膚，勒出一條血痕。終於我手臂肌肉賁起，把魚線扯出水面，破碎的水花中，魚鉤上掛著一條暗紅色的小魚，在我解下魚鉤之前牠大口吸了兩口空氣，然後就死了。我笨拙地將牠解下，是一條天竺鯛。

整個下午，我就中了這麼一條天竺鯛。

八

我從背包中拿出做標本用的大手術剪刀，拎著裝魚的冰桶，走到水邊。左手摁住魚鰓，把魚控在掌中。右手甩動剪刀，用刀背狠狠砸向臭肚兩眼之間，發出沉悶的叩擊聲，臭肚身體一僵、賁張全身鰭鬣，立時昏死了。死前魚鰭扎在我的掌緣，火辣辣地痛。(自此臺灣毒魚在我手上扎針煉蠱我是收集全了，一魴二虎是在大溪的下雜死魚、三沙毛是C從南部寄給我的冷凍標本、五遍身苦在幫人殺魚的灶臺。) 我用剪刀剪開魚腹，取出內臟魚鰓，丟進海裡，鮮紅色的臟器緩慢沉落，吸引並肩游水的絲鰺湊上前。

我一連殺了四條臭肚、十幾條鯿魚，連同我自己釣上來的一條天竺鯛，用海水洗淨後放在冰桶裡備著。

接著拿出我扛了一天的大背帶，一一掏出卡式爐、瓦斯罐、大黑鐵鍋、砧板、菜刀、煎匙、調羹、漏勺、油、鹽、糖、胡椒、米酒、老薑、紅棗、枸杞、廚房紙巾，擺在我身邊，把我團團圍繞。

「傻眼，你也帶得太齊全了吧。」Victor 說。

「說好了要煮魚湯啊。」我裝上瓦斯，點火熱鍋，「肯定得準備好。」熱油、下魚與薑片、嗆米酒，把魚煎至焦黃後往鍋中倒水，大火煮滾，撇浮沫，用糖鹽胡椒調味、下紅棗枸杞，轉小火把魚湯收成奶白色。碗只有兩個，我們幾人輪流喝湯吃魚。

「離開澳門到臺灣，好久沒吃過這種白湯了呢。」Victor 說。

我分到了一條臭肚和我釣上的那條天竺鯛，這次的魚湯似乎比我之前煮過的每一次都還要甘醇，即便是天竺鯛那綿軟在舌上潰爛毫無口感可言的肉質，也是人間美味。

我抓了抓在無遮蔭的堤岸晒到發紅的後頸，把碗中的湯喝完，用力喝下東部海邊的正午驕陽和落日彩霞。

炸物

捕櫻花蝦的季節，大溪特別熱鬧。擺上倒扣的塑膠桶，桶上覆上一塊塑膠板，四邊各坐一人，徒手挑揀，把一籃子一籃子的漁獲，分成白蝦、紅蝦、下雜，還有櫻花蝦。整個漁港擺滿了這樣分類櫻花蝦的小桌，坐滿了婦人和移工，從拍賣市場到下雜魚棚，能擺的地方都擺上了。

「逐家攏咧拍麻雀，你來創啥？」（大家都在打麻將，你來幹嘛？）大哥這樣對我說，方桌四邊各坐一人，人人手邊忙碌，的確像是在打麻將。

「無魚仔啦，攏掠櫻花蝦，你來揀啥？」（沒有魚啦，都是抓櫻花蝦的，你來挑什麼？）

「這內底有稀罕ê魚仔類啊。」（這裡面有少見的魚類啊。）我說。櫻花蝦得夜間捕撈，因此總會混獲大量行晝夜垂直遷移的物種。婦人和移工們把各種蝦分類挑出，裝進籃子裡，打冰疊好，同種疊作一落，像是拼湊麻將對子；混獲雜魚則通通掃進大籃子裡，是那些不胡的牌，我則在這之中翻找，挑出幾隻不常見的巨口魚。

大哥抽完一根菸，走到我身旁，用手抹起一把挑好的櫻花蝦，直接塞進嘴裡，給了我一個眼神，要我也吃一口。

「這足貴ê--neh。現流ê，勁好食。」（這很貴的呢。現撈的，超好吃。）他滿嘴蝦鬚蝦頭，口齒不清地稱讚。

於是我也捏起一小撮櫻花蝦，先拿到眼前端詳了一陣，新鮮的櫻花蝦很漂亮，弓著的橘色身體上，綴有橘色的噴點，水靈靈的，鼓著兩個黑眼睛。放進嘴裡生食，澄清、鮮甜，帶著海水的鹹味，很好吃。

「好食無？」（好吃嗎？）大哥問我，我連忙猛力點頭。

挑蝦的婦人中，有一位我比較熟識，偶爾在漁港碰面會聊上兩句。我見她除了挑蝦之外，還額外把日本光鱗魚給挑了出來。

「阿姐啊，你揀這欲創啥？」（你把這個挑出來要做什麼？）

「提轉去，暗頓炸炸咧著會當食矣，囡仔足愛ê。」（拿回去，晚餐炸一炸就可以吃了，小朋友很喜歡。）

我頓了頓，炸炸咧著會使，這句話好像在不同的時間，不同的地點，聽過好幾次。

在蚵仔寮漁港，C看著下雜魚堆中，偶有的個頭較大的燈籠魚，那些脫了鱗片，呈現溫潤粉紅色的身軀，還有腹部的一列發光器。

「這可以吃呢。」C拿起一條。「我之前在東港吃過。」

「哦？怎麼煮啊？」

「炸一炸就好了啊，那時候是吃合菜，菜單上也沒有寫這是什麼魚，是我那時候把麵衣一點一點剝掉，看到魚身上的發光器，我才知道是燈籠魚的。」這事很像他的作風。

「好吃嗎？」

「還好，這種小魚炸起來都差不多吧，就麵衣很厚，吸一堆油很香。」C聳聳肩。「噢，但聽說吃多了會落屎（拉肚子）。」

在大溪漁港的魚販市集，有個籃子裡整整齊齊擺上了一條一條的雙色黑頭魚，古銅色的龍鱗，黑色頭盔。

「頭家娘（老闆娘），這是……。」我不知道雙色黑頭魚在大溪的俗名，打住了我的問句。

「小鱈魚。」魚販用中文回答我，這種魚的棲息深度較深，被大規模的捕獲並進入市場的時間很短，短到沒有臺語的名字。

「愛按怎煮啊？」（要怎麼煮啊？）

「炸炸咧著好矣，這 ê 肉足幼，炸 kah 外酥裡嫩按呢。」（炸一炸就好了，這個肉很嫩，炸到外酥裡嫩這樣。）

後來我還是沒買下這些魚，但在接下來的幾天卻不時看到臉書的廣告，在臺北或基隆的餐廳，把「酥炸小鱈魚」端上餐桌，那樣金黃色的麵衣下，彎翹翹的深色魚體。

W說想去下雜魚棚看看，於是我和她一起在下雜魚棚的籃子間挑揀。

W撿起一條魚，深色的身體，密網狀的紋樣，笑脫了臼般的無邊大嘴，鑲著細密尖牙，直勾勾瞪著她。

「你知道這個魚是什麼魚嗎？」大哥在一旁抽菸，突然說了話。

「不知道。」W細聲說。

「這個魚就是那個魚啊！」不出所料的大哥說了這個漁港老笑話。「欸！帥哥！對不對啊？這個魚就是那個魚。」大哥轉頭叫我，要我一同背書。

「噢，對啊，這個魚就是那個魚。」我壞笑著看著W。「好啦，牠是仙女魚目合齒魚科鐮齒魚屬的小鰭鐮齒魚，但是市場上大家都叫牠那個魚。」

「所以有人會吃牠？」

「對啊。」

「怎麼吃啊？」

「炸一炸就好囉。」大哥和我同時說。

一次揀完下雜，我從鼓眼弓腰的櫻花蝦堆中剛抽起身，有些餓，於是到觀光區的炸物攤隨便買點東西吃，我看了看擺在臺前的炸物，點了一份看上去是炸魚的東西。

店家把炸物拿去復炸，裝在紙袋裡拿給我，我拿起一條金黃色的炸魚，塞進嘴裡，酥炸的油香、魚香、麵衣香，咖吱咖吱通通在口中咬爛。我一邊咀嚼一邊拿起另一條炸魚，小心翼翼地試圖把麵衣剝掉，想看清這到底是何種魚類，誰料到麵衣沾得很緊，將其剝落的時候一併把魚體拆散了，看不出個所以然。

我想著更多的古怪小魚，牠們可以或是可能，被粗暴地以炸物加註。那些水珍魚黑頭魚青眼魚鐮齒魚燈籠魚軟腕魚鼬鳚褐鱈，這麼多拗口煩人的名字，管它做甚？通通裹上厚實麵衣，遮掩那些不必在乎的魚頭魚眼，大鍋油炸，炸到魚鰭硬脆骨骼酥軟，成為一坨無名黃色塊狀物，三口兩口就能吃下肚了。

「就是炸魚唄。」

傳奇廚房記事：炸盲鰻

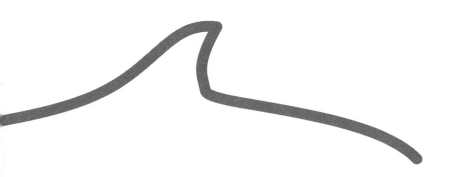

我在大學宿舍造了一間廚房。

大二時的室友都是同班同學，四人一寢，長方形的房間四人各守一個角落，床位貼牆兩兩相臨，中間留下一道堆滿雜物的走道。

我睡在寢室靠西北的角落，在我的對角線是阿猴；床位和我相鄰的是阿嗚，濃眉大眼，粗手大腳，腆著黑毛叢生的圓肚子，成天躺在堆滿動漫玩偶的床上；床位與我相對的是沈瘦子，留著過肩的長髮，下巴一叢黑鬚糾纏，總穿著過大的襯衫和老舊套鞋，頗具落魄的藝術家氣息。

寢室的一頭是門，一頭是落地的紗窗，拉開紗窗還有一個小陽臺，大小可供兩人迴旋，側邊一架站不穩的不鏽鋼洗手槽，頭頂一盞昏黃的小燈泡，倚著欄牆就能望向後山的一棵桑葚樹，夜晚會招來貓頭鷹的呼呼孤鳴。

廚房嘛，是從一臺電磁爐與一只寬口白鐵湯鍋開始的，大學宿舍禁止學生在寢室裡開伙，但我忍不住手癢，搬宿舍時帶上這對搭檔，三不五時便拿出來，煮個湯什麼的。過了一段時間，我不滿足於這組鍋爐的不沾油腥，只能在湯水中周旋，於是就有了接下來的一架卡式爐、幾落罐裝瓦斯，一只煎鍋、一尊電鍋、兩個鋼盆、幾組碗盤。然後趁著一個夜晚舍監巡察的空檔，把一座二手小冰箱風風火火地扛上四樓。最後是一口生鐵大黑炒鍋，在一個無課的明媚下午和著爛菜與豬油開了鍋。

我從垃圾場撿回兩個鐵架子（大概是誰做壞了的焊接作業），一高一矮，分別蓋上兩塊同樣來自垃圾場的邊緣岔出毛刺的木板，高的塞進陽臺邊緣的角落，就成了甩鍋顛勺的灶臺；矮的擺在寢室走道正中央，作為盛菜放酒的餐桌。

這一間偷渡而來的傳奇廚房，總是在多數人酣睡的深夜（配合著設計系的爛作息），用一點都不詩意的猛爆油煙接待我們：我、阿嗚、阿猴、阿志、沈瘦子、鄭胖子、順子等一眾人物。

阿嗚交女朋友了。這傢伙重考一年，大我一歲，卻一點戀愛經驗都沒有。如今終於交了女朋友，成天把棉被捲成管狀，縮在裡頭，用令人厭煩的奶音和女朋友講電話，一聊就是一個晚上，飯煮好了也叫不下來吃。好幾次飯菜煮好上桌，都是我和沈瘦子識趣地先開動，留下一桌的魚頭雞骨，阿嗚才依依不捨地耷拉著耳機，從棉被洞穴裡鑽出來，就著冷白飯，咬得那些殘菜嘎嘎作響，兩眼死盯著手機螢幕裡女朋友的聊天頁面。

不講電話的日子，阿嗚會駕機車橫跨半個臺北市，找女朋友約會。他總是在傍晚天色發紫時離開，清晨天色發青時回來。回來後脫鞋脫襪脫夾克脫安全帽，掏空口袋裡的鑰匙零錢，搞出好大動靜後爬上床，把同寢幾人都吵醒後自己已然熟睡如死魚。

一天假日早上我醒來，腿上一陣刺癢，伸手一摸，摸到一串癩痢疣疥，是被跳蚤咬過的紅斑。阿嗚剛約會結束回來，現在被早上的鬧鐘叫醒，正坐在床上抓癢，同樣的紅斑遍布在他的小腿、手臂、頸根。

「幹，你帶跳蚤回來喔？」

「啥？」

「我們都被跳蚤咬啊！你看你全身都是跳蚤咬的包，我的腿上也超多。沈！阿猴！」我叫喚同樣剛醒的另外兩人，「你們有被跳蚤咬嗎？」

對面兩人摸了摸全身，搖搖頭。

「你看，就我們兩個被咬，你帶跳蚤回來，你被咬完跳蚤就跳跳跳到我床上咬我，沈和阿猴和我們隔了一條走道，跳蚤沒有跳過去，所以他們沒被咬。」我這樣分析。

「喔。」阿嗚迷迷糊糊地回應，一邊掛斷女朋友的網路語音通話，他最近迷上了「掛睡」，就是男女朋友開著彼此的通話整晚，兩頭各睡各的，說是可以聽著對方的鼻息聲入眠。我不懂浪漫，只覺得睡覺時床邊還枕著一顆熱磚頭，怎麼看都有點蠢。

「你要去哪裡？」我翻身下床穿上衣服時沈瘦子這樣問我。

「去大溪，」我踩起雨鞋的硿硿步伐，「我需要逃離某個只會談戀愛和帶跳蚤回家的爛貨。」

大溪下著雨，雨勢忽大忽小，雨鞋內注了水，每踩一步都會發出嘰嘰呱呱的怪聲。港外濁浪洶湧，海面上一艘船都沒有，通通回到港內，挨著彼此泊在四起的漣漪上。觀光魚市的路很窄，假日的人卻很多，觀光客大都支著雨傘，或是罩上寬肥的雨衣，擦著肩膀緩步移動。我被這些胖大身軀推著走，從魚市的尾走到頭，再被推著從頭走到尾。

被人流推著走的時候我看到一個老伯，他蹲在魚市小路靠水的一側，正在實木砧板上乒乒乓乓剖盲鰻。盲鰻這東西我也見過，在下雜魚堆中那茶褐色的外皮、團扇狀的尾、嘴邊的幾對短鬚，原本該是眼睛的地方只臢霧濛濛的混濁白點。還有黏液，我偶爾會在下雜魚堆中拉出未死的盲鰻，他會緩慢地蠕行在我的掌間，然後從指縫間溜走，啪一聲落回雜魚堆，翻滾扭動，在所經之處留下白稠黏液，如膠水、如唾沫、如雄性精液。

「莫耍彼咧啦！」（不要玩那個啦）一次大哥這樣喝斥我，那時我正在設法抓穩一條盲鰻。

「你用佮四界攏黏黏矣。」（你用到到處都黏黏的。）我趕緊把魚扔掉。

「彼嘛會當食呢，無目鰻啊，皮剝掉，真好食。」（那也可以吃呢，盲鰻啊，皮剝掉，很好吃。）大哥這樣說，我看著腳邊扭動的盲鰻，實在很難想像大哥口中的好吃。

「這無目鰻偌濟？」（這盲鰻多少錢？）我看著刣盲鰻的老伯，開口問價。

「你愛這咧喔？內行！」（你要這個喔？內行！）老伯站起身，在圍裙上抹抹手，報了價。

「按呢喔，予我一公斤好矣。」（這樣啊，給我一公斤就好。）我說，「冰囥較濟咧。」（冰塊放多一點。）

老伯伸出大手抓起一把一把剝好皮的盲鰻，沒有皮的盲鰻是粉紅色的，濕濕、滑滑的，一條一條從他的手上滑到秤上，再滑進塑膠袋中，絞成一顆球。

我和老伯又瞎聊了幾句，轉身要走時，老伯叫住了我，塞給我一把傘骨凹折的舊傘，「加減用啦」（湊合著用啦），他這麼說。

晚上，回到寢室，只有沈瘦子在，窩在桌前做舞台模型。我神秘兮兮地從背包裡拿出塑膠袋，在沈瘦子旁邊搖晃袋中融化的冰水與冰渣，發出喀啦喀啦的聲響。

「你買了什麼啊？」沈瘦子問，塑膠袋好像破了洞，裡面的腥水滴滴灑灑打在他椅子旁邊的地上。

「盲。鰻。」我一字一字，隆重地介紹。

「啥洅？你會煮嗎？」

「不會啊，明天再來研究，今天好累。」我從床邊的衣架上扯下晾在那兒的內褲，準備去洗澡。「阿嗚呢？」進浴室前，我回頭問沈瘦子。

「不知道，約會吧。」

「好爛。」我轉身關上浴室的門。

隔天一路睡到中午，起床時看到阿嗚坐在桌前，拱肩縮頭，頂著一頭油膩的亂髮，昏暗的房間只孤伶伶亮著他書桌前的一盞燈。

我走過去戳了戳阿嗚。「你還好嗎？」我問。

阿嗚抬起頭，用血絲亂竄的混濁眼神看著我，發出一些沒有意義的聲音。

「怎樣？跟女朋友吵架喔？」我戲謔地問。

「不是，我跟你說，我真的不懂她想怎樣。」阿嗚終於開口，一副要大吐苦水的勢頭。

「先吃飯，等等再說。」我露出燦爛的笑容制止了他，「今天有很酷的午餐喔。」我一個大跨步，拉開紗門，打開冰箱，拿出裝得滿滿塑膠袋，打出響亮的彈指比著滴水的袋子，「盲鰻！」

我把退好冰的盲鰻拿到水槽邊沖洗時，阿嗚拉開紗門也跟到了陽臺。我打開水龍頭，讓水打在鋼盆中的盲鰻，這時阿嗚開始了他的演說。

事情是從這個月開始的，阿嗚這樣說，他自己事情很多，吧啦吧啦，還要照顧女朋友的心情，吧啦吧啦，後來他和女朋友吵架，吧啦吧啦。

「嗯。」我隨意地回應。

吧啦吧啦。

「哦？」加上一些假意的疑問。

吧啦吧啦。

「那真的不是很好呢。」還有一些無關痛癢的評點。

吧啦吧啦。

盲鰻的黏液很是不可思議，遇水而生，那小小的無皮的軀體好像蘊藏著無限的黏液，每一次哪怕是最輕微的擾動都會創造出更多。我用手攪出鋼盆中的漩渦，黏液在盆中越生越多、越漲越高、越滾越厚，巴住我的五指。

「咦，你看，超多黏液。」我把手舉到阿嗚面前，向他展示五指間的黏液時，他精彩的故事大概來到了第二幕第四場。

盲鰻的黏液洗不淨啦，淘洗幾次之後我這麼想，這樣越洗越多實在不是辦法。於是燒一鍋水，水滾後丟進切段的盲鰻，加入薑片蔥結米酒焯水。焯過水的盲鰻再用清水沖洗一遍，瀝乾後拌點鹽、胡椒與香油，沾點蕃薯粉，待澱粉反潮之後，再次加入蕃薯粉，裹上厚實麵衣。

起油鍋，待到木製的筷子插入，筷間會冒出滾滾油泡時就可將盲鰻下鍋。先用中火炸至盲鰻彎曲定型，隨即撈出瀝油，再轉大火，把盲鰻倒入復炸，炸至麵衣金黃酥脆，即可出鍋盛盤。

炸盲鰻時也別閒著，取點蔥白、蒜子、老薑、辣椒，切做末，倒入碗中，拌在一起。澆上熱油，嗆出辛料風味。然後再加入醬油、香油、白糖，最後加點香菜葉，完成炸物蘸醬。

我和阿嗚、沈瘦子坐在矮桌旁吃盲鰻。盲鰻的肉在高溫油炸之後縮水，幾乎無法察覺，只剩下一根微曲、堅韌的中脊軟骨。三人嘎吱嘎吱沉默地咬著，蘸醬調得很好，麵衣也炸得很酥脆，但口中介於橡皮或乾魷魚的口感，實在很難評價這到底好不好吃。

「所以說牠為什麼叫盲鰻啊？」阿嗚問我。

「牠就，沒有眼睛啊，」我夾著一塊盲鰻，炸成這樣很難解釋，「反正就牠沒有眼睛。」

打破了飯桌的沉默，阿嗚繼續說他未完的女朋友故事，我和沈瘦子無語地、艱難地咀嚼。

「哦對，」我暫時打斷阿嗚的故事，「這東西生了很多黏液，把水槽堵住了，你吃完去清一下。」

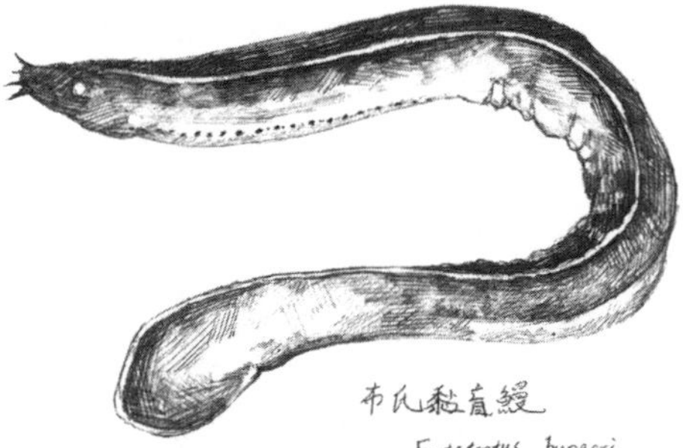

傳奇廚房記事：雜魚湯

順子用免費的 Youtube Premium 跟我交易，要我教他做菜，所以他現在也站在傳奇廚房的一角。

順子的名字裡沒有順字，他有這綽號是因為他剛開學時總是聽錯口令、拿錯東西、忘記上課，即便來上課卻站著睡著。還有一次在劇場後臺，他正在跟住八里的祥哥說話，卻糊裡糊塗地揮起氣動釘槍，手指扣著扳機，槍頭對準祥哥的鼻子，祥哥嚇得話都說不好了，差點尿褲子。

「媽的順子。」我在一旁冷笑，脫口冒出這句話。順子是《暗戀桃花源》劇中那個總是在劇場裡犯傻的大個。

「你很壞。」祥哥聽到這句話，笑罵我，「但他真的滿像順子的。」

於是順子就被叫做順子了。現在順子站在我的傳奇廚房，興致勃勃。

「我們今天要做什麼菜啊？」他問。

「魚白湯。」

「魚白湯……」順子慢慢複述，「要用什麼魚啊？」

「雜魚！」

前一天的下午，我在大溪漁港下雜魚棚，看著漂亮的尖棘角魚堆滿幾個籃子。

這魚我買過一次，我覺得是個好魚。那次是在大溪魚市場，我向一個阿婆問價。

「角仔偌濟？」（角魚多少錢？）我指著保麗龍箱中的魚，那些喉頭腫脹，雙眼暴凸的魚。

「你愛幾尾？」（你要幾尾？）

「一尾。」

「一尾？」她突然發怒，「哭爸，一尾你愛我按怎賣？一尾？這足俗ê物件，幹！」（哭爸，一尾你要我怎麼賣？一尾？這這麼便宜的東西，幹！）

「我一个人爾啦，歹勢。」（我一個人而已啦，抱歉。）我有點驚慌。

「伊一个人爾啦。」（他一個人而已啦。）過路的好事者想幫我解圍。

「兩尾五十啦。」她把魚丟給我，不打冰、不殺清。

「攏買一尾著好矣，哭枵。」（都買一尾就好了啊，哭么。）我離開時她嘴還不停，明罵暗咒，嘀嘀咕咕。

而現在眼前的尖棘角魚層層疊疊，頂著紅盔，吻端齜著兩根刺，占領了下雜魚棚，我拿起一條，戳一戳，魚體僵直，肌肉富有彈性。

「這角仔哪會無予糶手喊價？」（這些角魚怎麼沒有拿去給糶手喊價？）我問大哥。

「喊了矣，價不好，擲來這。」（喊完了，價格不好，丟來這裡。）

「哦。」我從籃子裡撈出兩條大的，一手一條。「我提兩尾轉去煮湯喔。」（我拿兩尾回去煮湯喔。）

「好矣好矣。」（好啊好啊。）

「雜魚？什麼雜魚啊？」順子一臉迷茫。

我從冰箱裡拖出一個塑膠袋，把裡頭的魚通通倒進臉盆裡。國光、角仔、硬尾仔、大目仔、紅牛尾、狗母梭、石狗公、海狗鮎仔。林林總總十幾條，刷洗乾淨後，一一打鱗、破肚、掰鰓、去內臟、摳血管，然後剁成一段一段備用。順子在一旁看著，看我在那邊摳啊挖啊，打鱗打到漫天飛雪，剁骨剁得汁水噴濺，偶爾拿起手機，錄一段殺魚的影片。

「給你殺一隻，要不要？」我把刀遞給順子。

「呃，先不要好了，我怕我剁到自己。」

我哈哈一笑，要順子去剝蒜，我自己則拿起一盒嫩豆腐，用刀子劃開封膜。

「這些雜魚嘛，就是一些進不了市場，被丟去下雜，但我覺得很棒的魚啊。」我一邊把豆腐改成小塊一邊說，「這些魚全部弄一弄，也能生出一鍋好湯的。」

「啊，哦，原來如此。欸啊啊啊啊！」他突然驚呼，原來是他弄掉了一顆蒜。

「沒事，沒事。」我暗笑，「蒜頭還有多，你趕快剝一剝，我要開始了。」

先炸蒜子，炸到蒜子金黃，蒜香四溢，把蒜子取出備用。

燒一勺熱油，一鍋滾水，老薑切成片，小蔥挽成結。剁好的魚塊下鍋，煎至焦黃，下薑片，加米酒，一邊翻炒一邊把魚骨魚肉剁碎，然後澆下滾水。熱油滾水相遇，只聞滋啦一聲響，沖天青煙下水泡翻騰，下蔥結，撇浮沫，看大火中的湯水收成不見底的奶白色。轉小火，先用漏杓撈出湯中魚骨魚肉薑片蔥結，再用密漏濾掉雜質，然後把魚湯轉進砂鍋，丟進炸蒜子和嫩豆腐，施以鹽和胡椒，用小火繼續煨煮。

魚湯上桌，我招來沈瘦子，沈瘦子叫醒阿鳴，順子找來他的室友阿志，幾人圍坐在矮桌旁，各自盛了一碗湯。

這樣的飯桌，口中總是出的多進的少。沈瘦子找不到設計方向、阿鳴還困在歹戲拖棚的爛戀愛裡頭、阿志想休學、順子還是順子、我則幹著與課業八竿子打不著的怪事，話說得多，湯就涼了，涼了的湯上凝上一層薄皮，可以用湯匙輕輕推出層疊波紋。

餐桌上的語句，大多是抱怨、詆毀、自艾，與之迎來的奚落、嘲弄、訕笑，還有極其偶爾的安慰與鼓勵。一群不怎麼樣的人喝著由不怎麼樣的魚煮成的湯，用不怎麼樣的話題填補更不怎麼樣的大學生活的空缺。

我不曾記得那天晚上到底說了什麼，但我時不時會看到，那晚五人聚在桌前，那碗湯上的薄皮，揭開後凝白、溫暖的雜魚湯。

傳奇廚房記事：
塔型石蟹蟹黃咖哩拌麵

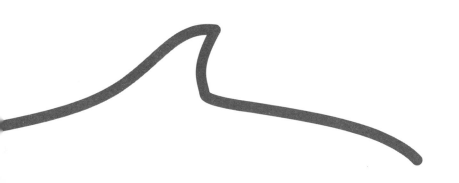

「沈！你有空嗎？」我拉開紗門走進我的傳奇廚房，紗門喀拉喀拉響，脫軌墜落，壞了。沈瘦子倚著圍牆在抽菸，菸是他自己捲的，燒出一種淡淡的、舒服的味道，菸灰掉在我的砧板上。

「幹嘛？」他問我，轉頭往身後的桑葚樹吐了一口煙。

「總之我從大溪網購了兩隻帝王蟹，現在寄到了，你可以載我去嗎？」

那時的我還沒買車。

「你寄到哪啊？」

我秀給他到貨的地址，是班上一個女同學家。

「啥潲？你跟她很熟嗎？」

「不熟啊。」

沈瘦子一臉不解，又吐了一口煙。「等我抽完這根。」他說。

沈瘦子的機車很小，坐在後座的我前胸貼著他的背，尾椎抵住機車後架，每每遇到地上不平的隆起，機車就會顛一下，撞得我的尾椎發疼。

「你說你買什麼啊？」一邊騎車沈瘦子一邊問，風很大，他的聲音很小。

「帝王蟹啊！」我逆著風大吼，頓了頓，「其實不是帝王蟹，是塔形石蟹！帝王蟹是擬石蟹屬的，我買的塔形石蟹是石蟹屬的！但牠們都是石蟹科，臺灣沒有野生的帝王蟹，只有這個塔形石蟹！」

「啥？」沈瘦子也吼回來。

「帝王蟹！」

接下來的事情也算順利，到了女同學家，她一臉無奈把大保麗龍箱拿給我們。沈瘦子的機車實在很小，保麗龍箱得要直立起來，才能硬塞在機車腳踏板的空位，每一次車頭轉彎，就會摩擦保麗龍箱發出尖銳的噁心聲響，並且噴出虛浮的保麗龍碎屑。

回到寢室，保麗龍箱已經被拆開，放在由鐵框與木架組成的矮桌上，沈瘦子和我各坐一頭，瞪著箱子裡的蟹。

「想不到你竟然買了兩隻。」

「嗯，對啊。」

「你買這幹嘛啊？」

「做標本啊！」我興致勃勃地轉身，打開筆電，在鍵盤上一陣瘋狂敲打之後，向沈瘦子秀出一個臉書介面。

「你看，網路上賣這東西的標本，價格還滿高的，扣掉成本還有賺，搞不好越賣越多還可以成為有名的甲殼類標本師。」我頓了頓，抹了一把嘴，

「而且蟹肉我們還可以自己吃掉，等於是白送的。怎麼樣？有沒有搞頭？」

我丟給他一個自信的挑眉。

「好喔，你開心就好，我要去抽菸。」沈瘦子說，起身走向陽臺。

「等等，」我叫住他，「你去旁邊一點抽，我要來清我的第一隻蟹肉了。」

掀蟹蓋，掰蟹臍，挖蟹膏，去蟹鰓，斷蟹足，拆蟹爪，剔蟹肉，過程快速而順利。蟹腿關節處有一片薄膜，用刀片一一劃開後，從其中一頭注水，便能從另一頭沖出完好的、整管的蟹腿肉。我把水槽弄得乒乒乓乓響，水花四濺，沈瘦子抽著菸看我，時不時發出嘖嘖聲。

「哎，別這麼嫌棄。」我把最後一條蟹腿肉放在砧板上，那些粉紅色、水瀅瀅的蟹肉整齊排列，旁邊放著一碗蟹膏，一碗零散的蟹肉，「煮好吃的給你吃。」我看了看傳奇廚房裡現存的食材調料，沒啥頭緒，沉思了一會，「來煮蟹黃咖哩拌麵吧！」我說，完全不知道這會是個什麼料理。

卡式爐上的黑鐵炒鍋，熱鍋熱油，把蒜子、蔥段、薑片、洋蔥絲、紅蔥頭爆香，撒一把丁香與荳蔻，然後加水化開咖哩，傾入椰漿，扔進月桂葉與蘋果丁，倒入蟹肉蟹黃，煮滾後轉小火，慢火煨煮。另外取電磁爐與白鐵湯鍋，滾水煮麵條，麵條煮熟後用長筷夾出，再澆上咖哩。

碗中的內容物很壯觀，兩個人各能分到一支蟹爪、三支蟹腿（沒錯，這貨並不如一般螃蟹一樣用八條腿移動，牠的最後一對步足退化折在頭胸甲內，平常看上去只有六條腿一對螯）。我們各夾起一條蟹管肉，大口咬下。

這蟹管肉多汁，有嚼勁，滋味鮮甜，我和沈瘦子顧著猛吃，一句話都沒說。

「沒想到在臺北，在宿舍，還能吃到蟹肉。」沈瘦子先我一口吃完，抬起頭來對我說。他是屏東人，以前蟹肉也沒少吃，但上大學之後，回家的路途遙遠，不常回家，螃蟹也吃不到了。

「啊，爽！」我也吞下我碗中的最後一口，「等一下阿鳴約會回來可以跟他炫耀。」我擦去嘴邊黃色的咖哩漬，打了個嗝，「『我們晚餐吃帝王蟹喔！』他一定會超羨慕。」

吃完，洗好碗，我把拆開來的蟹拼了回去，在保麗龍板上固定姿勢，六足怒張，兩螯架拳，看上去頗有架式。

「好！等牠放乾，固定好，我再來噴色，做一些處理。」我看著這塔型石蟹威風凜凜地立在陽臺地上，占據了好大空間，「然後就把牠賣了，賣到的錢可以買更多蟹，就又有好吃的了。」我再次向沈瘦子丟出自信的挑眉。

過了幾天，石蟹標本風乾了，原本鮮紅色的鎧甲也褪成淺橘色，拿在手上把玩也非常的硬挺，於是我把牠帶進室內，供在房間正中央的矮桌上。

又過了幾天，我經過石蟹標本時聞到一股淡淡的，若隱若現的，甲殼類腐敗的味道。一段時間後就會散了吧，我當時這麼想，決定不管牠。

再過了一天，臭味的範圍逐漸擴大，迎面走來就會撞上，必須繞道而行。沈瘦子也注意到了，看著石蟹標本欲言又止。

再一天，臭味已經脹滿整間寢室，阿嗚約會回來，打開門，在玄關處皺了皺鼻子，跨到門外聞了聞，再走進室內，與房間正中央的石蟹對到了眼。

「欸，你的螃蟹是不是越來越臭了啊？」阿嗚忍不住開口。

「真的！」在一旁的沈瘦子忍不住幫腔，「牠超臭！」

我抓起石蟹標本，吸進濃厚溫郁的甲殼腥臭。「啊，牠，呃，還好吧。應該就快要散了吧。」我努努嘴，「是吧？」

阿嗚和沈瘦子站得離蟹遠遠的，完全不想靠近。

「欸我有上網查，這裡說消除異味可以燒東西來薰，不然我們試試看吧，」沈瘦子說，「不然牠真的太臭了。」

「真的，牠真的太臭了。」阿嗚附和。

我把石蟹標本拿到陽臺，拖出一道臭味軌跡，沈瘦子和阿嗚跟在後面。石蟹標本現在立在陽臺圍牆上，沈瘦子劃亮一根火柴，點燃一根他捲的菸，把菸從石蟹的甲殼縫隙中丟進牠體內。

「為什麼你會有火柴啊？」我問他。

「不覺得用火柴很酷嗎？」他一邊說，一邊又點起一根菸，這次他從石蟹的嘴巴把菸插進去，石蟹含著一截菸屁股，看起來很跩。

「好像有人說磷燃燒也可以除臭。」沈瘦子拿著一支火柴，劃亮，在熄滅之前也從甲殼縫隙丟進石蟹標本裡面。

我們三人在狹小的陽臺，圍著飄出青煙的石蟹，像在舉行什麼儀式，的確，我們也在祈禱神蹟降臨，祈求氤氳煙霧會帶走這甲殼腥臭。

石蟹斜睨著我們三人，開始蒸出一股不懷好意的氣味，介族殘肉、寄生茗荷、簇集蚋蛆、檸檬味的菸草與捲菸紙、紅磷火柴頭與火柴梗，多種氣味交纏、雜交，長出蜿蜒觸手，緣著牆角門框，磁磚縫隙，扯住褲腳，攀上衣襬，悄悄從未關的紗窗溜進室內，填滿整個房間。

「你真的要把牠拿去賣嗎？」沈瘦子弱弱的問。

我沒有回答。

接下來的幾天，房間室內都充滿這股氣味，如妖物一樣，飽食我當初立下的豪語，時時刻刻跟著我，監聽我的一字一句。

然後我就把發臭的石蟹標本扔了。

過了一檔戲的時間，我想起了冰箱凍庫中的另一隻塔形石蟹，於是把牠取出來放在冷藏退冰，想再試一次，再續賣標本錢滾錢的夢。

隔天想來蟹大概退好冰了，於是走到陽臺打開冰箱，冰箱卻往外洩了一地汙臭黑水，炸出暴竄蠅蚋。

小冰箱不夠力，石蟹在裡頭默默爛了，褪色的紅鎧甲結上墨綠色的霜。

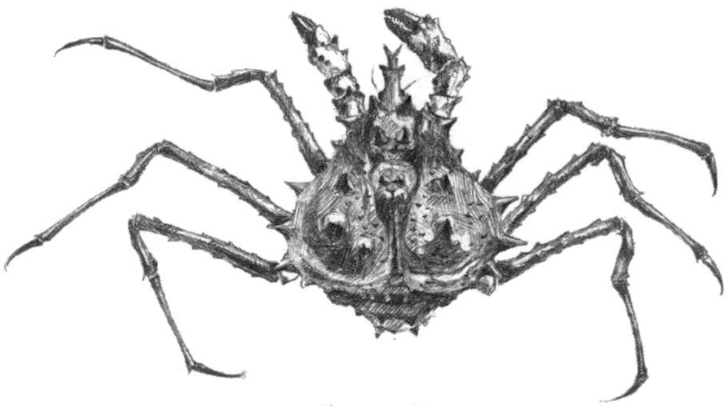

塔形石蟹
Lithodes turritus

傳奇廚房記事：
豆瓣銀鮫豆腐煲

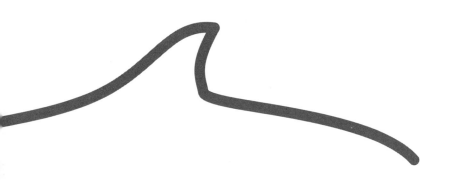

「鏘鏘鏘！」我走進宿舍，右手提魚，空出來的左手用力拍打阿嗚的鐵製床架，阿嗚迷迷糊糊從床上坐起來，先看了看手機裡女朋友的通話介面，才用混濁的眼神回望我。

「吃飯吃飯。」我對他說。「今天吃好魚。」

「噢。」這傢伙大概還在努力讓自己清醒。「什麼好魚？」

「箕作氏兔銀鮫。」

「啥？」

「白魚虎（臺語）。」

「啥？」

「*Hydrolagus mitsukurii*。」

「啥？」

「總之就是軟骨魚綱一種魚，牠和鯊魚在分類上比較接近，但鯊魚是板鰓亞綱的，而這東西是屬於全頭亞綱的。」

阿嗚看著我，一臉茫然，拿起他放在床頭的一支鑷子，開始夾鬍子，我實在是很討厭這個動作。

我沉默了兩秒，張嘴想要繼續解釋，又把嘴巴閉上。

「哎算了你不要管，反正是好吃的，等等叫你下來吃就是了。」

我把銀鮫放在砧板上，看著牠好似縫合過的頭部、頭上密布的勞倫氏壺腹、鸚鵡似的齒、蝴蝶似的胸鰭大翅，拖著的一條細長尾巴。這是一條公魚，額上和側腹的交腳器岔出暴力的倒刺，這些特殊的器官可以在無光深海中緊緊嵌入雌魚的胸鰭基部和側腹，把雌雄雙魚鎖死在可以交配的姿勢。

剪開魚腹，取出腸胃肝臟，肝臟裡有幾條四葉目的絛蟲，把牠們掏出來，丟進冰箱保存。大刀斬下魚頭、砍斷第一背鰭的毒刺、剁下魚尾、修掉交腳器，然後把銀鮫輪切成厚片，放進大盆，裹上澱粉。

切點蔥末、蒜末、薑末，太白粉兌水成漿。再拿出一盒豆腐，在掌心切成小塊。點火、熱油。

我回想起我第一次認識到這魚，是我第一次踏進下雜魚棚，那時看著滿地雜魚，有種將要被淹沒的感覺，被這些死魚和牠們背負的名字淹沒——我還妄想著能通曉所有魚的所有名字。

出發前一天，有個朋友請我幫忙，要我找幾條銀鮫，他想收做標本。「銀鮫。」我坐在電腦前，看著螢幕上的這兩個字，還有那些零零落落的文字資料，破破爛爛的標本照片，看來看去沒什麼收穫。銀鮫二字對我而言是個陌生的語言，一條無意義的音檔，一段即來即走的過耳聲波。

然後我就從下雜魚堆中翻出了我的第一條銀鮫，在我手上躺著的布滿刻痕的頭部、在我掌心攤開的蝶翅、垂落我掌緣的絲狀長尾，摸起來有著俐落、滑順的質感（那時候我還不曉得要戴上厚橡膠手套），我突然被這生物的美感震懾了，或許可以說是，一見鍾情。

人都有欣賞而偏愛的東西，願意為之付出金錢、時間與空間賞玩，有人愛車、有人愛表、沈瘦子愛奇奇怪怪的古董相機、阿嗚愛大大小小的初音玩偶，而我自那天那時就迷上了銀鮫，我從下雜魚中翻出四條銀鮫，決定不把牠們交給朋友了，而是把牠們泡進了裝滿酒精的罐子裡（之後我才知道，這是很爛的標本保存方式），私藏在桌上。

罐子裡的銀鮫似乎有兩種，顏色一深一淺，我在網路上詢問了這個問題，研究烏鯊的 Terry 給了我詳盡的回答：顏色淺的，臀鰭和尾鰭下葉有一個小小缺刻的，是黑線銀鮫；顏色深的，臀鰭和尾鰭下葉沒有缺刻分隔的，是箕作氏兔銀鮫。

Chimaera phantasma 和 *Hydrolagus mitsukurii*，我謹記這兩個名字，這兩串巫妖鬼話般的聲音有了質地、帶著記憶、是躺在我赤手上的實體重量。

等到油溫升高，木製筷子插進去筷尖會冒出細密泡泡時，就可以把裹好粉的銀鮫魚片放入油炸。銀鮫肉含水量高，一碰到熱油便扭動收縮，炸到兩面金黃上色，便可以撈出瀝油備用。

鍋裡留底油，轉成中火，下蔥薑蒜末，煸炒出香味。再下辣豆瓣醬一杓、清水一杓，米酒、鹽巴、白糖隨興添加，燒開後把炸好的魚片與豆腐放入，蓋鍋燜煮。這時候可以洗刷砧板菜刀，收拾魚頭內臟，若有這般雅致的話，還可以把剁下來的魚頭拆解，取下那副鳥喙般的牙齒賞玩。

煮到汁收得差不多了，便用太白粉漿勾芡，芡汁不宜過稠，只要能掛在魚塊豆腐上就好。關火，撒點蔥花，稍稍翻動，用餘溫逼出蔥綠辛香，便可以裝進陶土製的砂鍋，端進房內的矮桌上。

最後一步，再次拍打阿嗚的床板，把他叫下來吃飯。

八

名字是咒語、是縛鎖，把空間性的物體與時間性的聲音綁定，同時賦予因人而異的記憶質地。我從糶手、釣客、魚販、粗工的口中，偷拐搶騙，獲取所有是為名字的咒語，然後在腦中將名字和魚綑死。

我在魚市場，指著一條非洲長吻銀鮫，對著賣魚的阿姐大喊：「這啥物魚啊？」（這什麼魚啊？）

「白魚虎！」

「白魚虎啊。」我悄聲複頌，這個名字實在是太不知所云，這魚既不白、也不似虎、和白魚看起來更是八竿子打不著，但管牠再怎麼怪異，名字終究只是名字，我就這樣竊取到了我心心念念的咒語。

所以半年之後，我對著另一位魚販大聲說出「白魚虎」的時候，她會點點頭，說一句「內行」，再從裝滿海冰水的橘桶中撈出幾條銀鮫，讓我得以背上我夢寐以求的兩條標本回家，雄性的箕作氏兔銀鮫和非洲長吻銀鮫。

聽到名字、學會名字、說出名字、對方成功接收而做出相應的回應；習咒、施咒、咒語生效，這整件事情都令人嚮往。

一天下午，鰻魚王福哥約我一起去大溪，那天是星期四，我翹掉了下午的寫作課，搭上區間車前往漁港。

到了大溪一看，鰻魚王福哥、花鱸王 Victor、烏鯊王 Terry，還有三位遠從日本而來的前輩學者，坐在港邊的熟食中心吃飯。在這豪華的陣容面前，我顯得有點蠢。

「這位是研究銀鮫的學者喔。」Terry 向我介紹，我生澀的同時點頭和揮手，看起來更加笨拙。

「這幾天收到不少銀鮫標本呢。」福哥說。「包括一隻非洲長吻銀鮫。」

「哦哦哦啊。」

要離開大溪時，在轉角的魚攤看見熟悉的身影躺在籃子裡，是箕作氏兔銀鮫。

「啊，ギンザメ。」我趕忙對著身旁做銀鮫研究的日本學者說，他點點頭，這是除了はい（是）和ありがとう（謝謝）之外，我會的第三個日文單詞。

「呃，*Hydrolagus mitsukurii*。」我補充，日本學者連忙點頭。

「白魚虎偌濟？」（白魚虎多少錢？）我再轉頭對魚販問價，拿到了打好冰裝在塑膠袋中的銀鮫。

名字在我口中飛躍走跳，我是名巫師，潛心練習法術。

阿嗚下了床，晃到桌前，開始扒飯。我開了一罐冰啤酒，倒進兩個泛黃的二手啤酒杯中。

銀鮫無刺，只有一根脆軟的中骨，且沒有軟骨魚常有的尿騷味，肉質細緻，有綿軟的纖維，配上滑嫩的豆腐和辛香的豆瓣醬，很是下飯。阿嗚舀了一大杓進碗，和白飯攪在一起，淅瀝呼嚕的吞食。

「好吃嗎？」食客賞臉，我自然是很感動。

「好吃啊。」阿嗚滿嘴食物的回應。「你說這是什麼魚啊？」

「銀鮫。」我說。「箕作氏兔銀鮫。」

「噢，銀鮫。」阿嗚複述。「我會記得牠的名字的。」

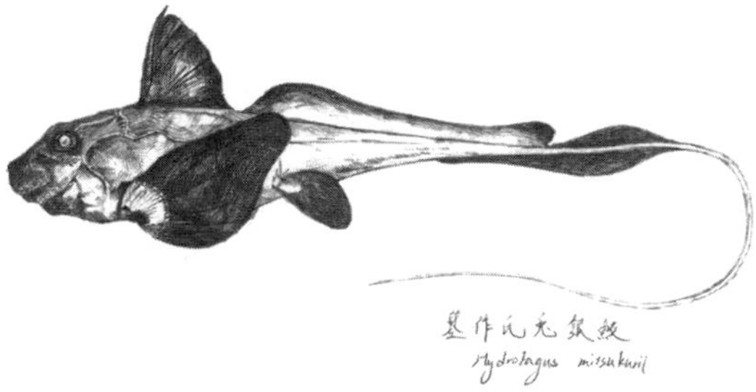

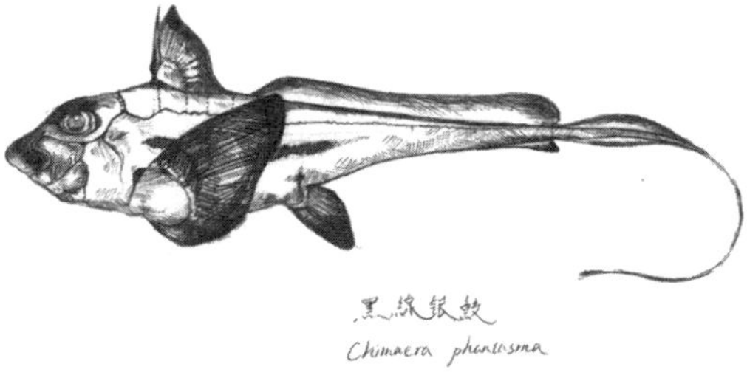

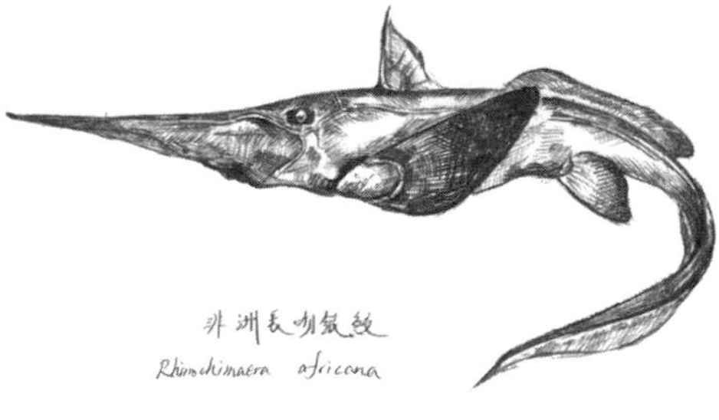

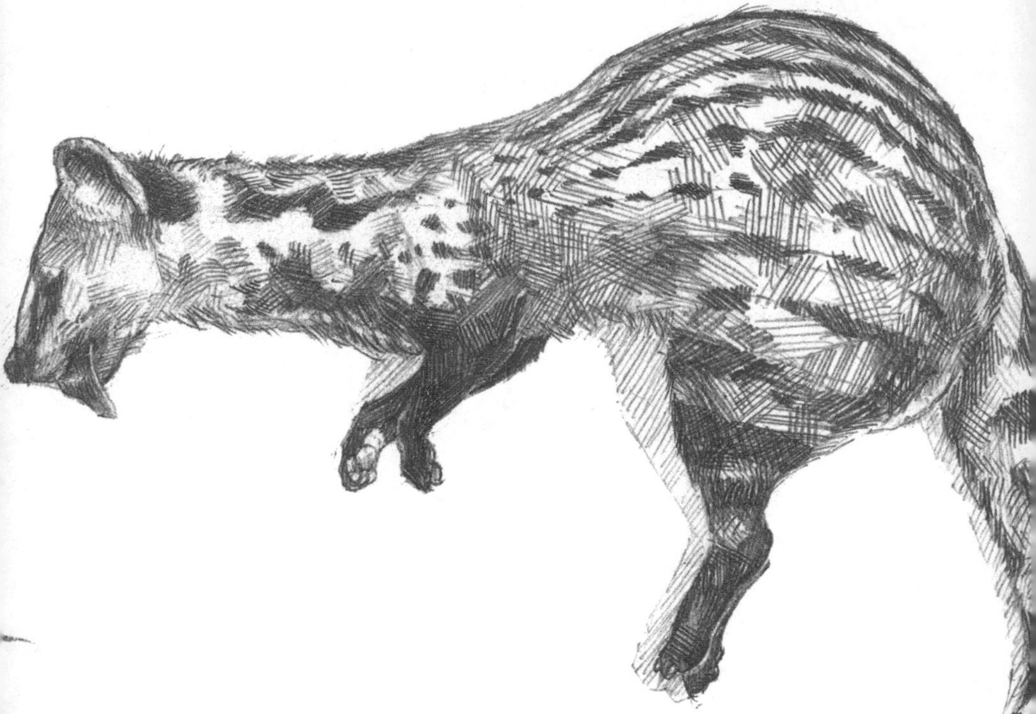

刀

Dissect

日花

斑光，指的是從樹葉間穿透出來的斑駁陽光。但我更愛它在臺語中的稱呼，jit-hue，日花，樹葉篩落那一地的日光，如細碎的小黃花瓣，四處綻放。我喜歡走在日花之中，看那些花瓣在我的指尖短暫的停留再滑落。

在特有生物保育研究中心實習的那一個月，每天清早就起床，跨上家中的老機車，從埔里騎到集集。初晨的山路，太陽未出，天濛濛灰。老機車騎不快，也快不得，若油門催得凶了，便發出唧唧的噪音，吵鬧地抗議。從省道彎進縣道，時間掐得準了，便能在此見到當天的第一道陽光。

陽光被樹葉篩落，在路面打出疏密的日花，我騎車衝進花叢，揚起漫天黃花飛舞，在眼鏡與眼睛間彈跳。

到了標本室，先從龐大的冷凍櫃中翻找，在那數以萬計的屍體中，挑出今日的工作對象，一隻麝香貓。我從未在野外見過這種毛皮美麗的動物，牠們纖細、機敏，是夜晚的潛伏者，一身的黃黑相間只屬於月光下的高草叢，在夜風的吹撫下盪出一線波浪。

但面前的動物已死，麝香貓小頭長脖子、細腿大屁股，屈就於裝屍體的夾鏈袋而盤成球形，尖嘴含著尾端，看上去有點滑稽。

捧起麝香貓，為已死的牠舒展軀體，活動四肢，一方面破碎皮與肉之間的冰霰、一方面檢查骨折的斷點，同時算是一段無聲的招呼，知會曾經的生者。秤重、測量形值，把麝香貓放回托盤上，指尖忍不住撫過牠的背脊，那柔軟滑順的毛皮，突然我猛一注視，看見一絲異樣。

被指間撫過的毛皮，泛出金屬般的綠光。

日花是破碎、不連續的，在時間或空間中皆是如此。

森林表層躺著一片綠苔，每日的早晨，一枚日花穿過樹冠、葛藤、巢蕨、竹枝、灌叢、高草，終於滴在綠苔上。風一來，這日花就被搖晃的不知哪個誰給劫走，待到風止了，陽光卻已悄悄轉移。

綠苔並不奢求更多，它被一枚光點醒，開始舒展它的走莖，準備觸碰更多的未知。

快速回想那些動物的顏色。

綠瓢蠟蟬、臺灣厲椿象、橄欖綠波尺蛾。

三葉錦魚、鴨嘴寒鯛、鯕鰍。

綠繡眼、五色鳥、翠翼鳩。

不是，都不是，再仔細想想，那樣一閃而過的綠色。

大迴木蟲的硬鞘、大琉璃食蟲虻的膜翅、黑角魚的胸鰭、絲鰺的背脊、琵嘴鴨的頭、八色鳥的翅。

在這凌亂的綠色名單裡，哺乳動物缺席了，有如造物者在上色時少了藍色的彩料，因此只能在紅黃黑白間輪轉，創造出一眾灰灰土土的生物。

我再次用手掃過麝香貓的毛皮，在那黑色毛髮的尖端，在特定的角度下的確躍出豔麗的綠色，一抹從未想過會在哺乳動物身上看到的綠色。我嘗試過水洗、搓肥皂、浸泡有機溶劑，那綠光還是在手指的觸碰下幽幽地閃過，是穩穩妥妥的結構色。真要說起來，牠閃爍的樣子更像紫嘯鶇的胸膛，但更加的低調內斂，是不慎洩漏的秘密。

接下來幾天，我都在與綠色的麝香貓周旋，這綠色從何來、有何用、現於何時、生於何處——即便知道這一切對我而言好像也毫無意義。我四處問人、翻閱書籍、比對各種哺乳類的毛髮結構、在網路上各種語言的資料中浮沉，翻攪那些我不懂的現象與理論，一無所獲。我如瞎眼的生物，在陌生的林地裡，做無謂的追尋。

我坐在桌前，瞪著雜亂的電腦視窗，回想見到綠光的那天下午，我興致勃勃把麝香貓捧到室外，在陽光下撥弄牠的毛髮，看那道綠色似乎更加俐落的閃現。

於是我開始幻想，灌叢下的世界日花紛飛，黑影、黃光、茂密的綠植，一隻麝香貓蜷縮在白晝的睡夢中。日花輕輕降在麝香貓身上，隨著呼吸起伏，一瓣日花從牠的背脊滑落，掠過毛皮，掀起一絲耀目的綠色，將我點醒。

註：麝香貓為二級保育類動物，標本由公家單位典藏，非私人持有。

兜風鼠

去實習的路上，碰到過許多屍體。

記不清幾隻的翎角鴞和大捲尾、一隻紫嘯鶇、一隻黃嘴角鴞、一隻羽翼未豐的樹鵲，紅斑蛇、臭青公、雨傘節、龜殼花、黑眉錦蛇、赤尾青竹絲，還有一隻被壓得稀巴爛的鼬獾，右掌和身體分了家。

這些死物，狀況好的，撿起來，日後做成標本，繼續傳遞故事；狀況差的，或摳或挖或撕或扯，總之將牠移出柏油路，免得哪個貪吃屍體的傢伙摸過來用餐，下一秒也變成車胎下的一塊餅。

每天騎車走一樣的路線實在無聊，四處張望尋找屍體便成了上班路上的支線任務。

在水里的街上，十字路口正中央，趴著一球灰色的毛團，被紅燈攔下的我死死盯著牠，看上去是隻死老鼠。

綠燈、催動油門、急煞在路中間，俯身、抓住老鼠尾巴將牠提上機車腳踏板、加速離去，剛好與對向一部發財車擦肩。

然後老鼠在腳踏板上抬起頭看我，拉下一粒屎。

人總喜歡為動物套上擬人的濾鏡，希望動物的某個動作代表快樂，或是某個眼神代表感激，我們期待動物和人一樣，會絕望、會困惑、會僥倖、會內疚、會對不起、會如釋重負。給無法言語的動物套上這些標籤，所以人可以更加的同理、悲憫、博愛、慈祥。

我把還活著的老鼠從腳踏板用手鏟起，安進機車的前置物架，牠大概是受傷了，不像正常的老鼠四處亂竄。牠探出一顆小小的腦袋，用黑溜溜的眼睛盯著我，抽抽鼻子，又縮了回去。

「怎麼啦？老鼠？」

「好好待著啊，很快就到了，動物急救站的人可以幫你的。」

「我要發動了喔。」

沿著濁水溪奔馳，老鼠又探出頭來，把潔白的前掌搭在置物架的邊緣，兩頰的鬍鬚被風吹得跳動。

「你在幹嘛？兜風嗎？」

「你喜歡兜風嗎？兜風鼠！」

「幸好你是遇到我啊，兜風鼠，不然你現在就是不兜風鼠餅了。」

「小心啊兜風鼠，不要掉出來，再過兩個紅綠燈，右轉再右轉就到了。」

聽了我的大喊，老鼠在風中瞇著眼，望向牠的救星。

我早到了，於是把兜風鼠放進一個廢箱子，在工作室門口等指導我的標本師，兜風鼠乖巧的縮成一球。

「兜風鼠，你好乖喔，都不會亂跑。」

「話說你的髮型好酷喔。」

自額頭到後肩，沿著脊椎寬約一公分，牠這個範圍裡的毛硬是比其他地方短了一截，看得到毛下淺色的皮膚。

「欸，兜風鼠，人家兜風的留龐克頭都嘛是兩側剃掉，只留中間，你就是要跟別人不一樣，全部留著，只剃中間。」

標本師這時推門走了進來，瞪著我身邊的箱子。

「你又帶了什麼怪東西來？」

「這是兜風鼠！牠喜歡兜風。」我向標本師介紹，「可是牠好像怪怪的，我可以送去急救站嗎？」

標本師湊近看了看，「這是溝鼠啊，腳那麼白，急救站不收的。看牠狀況這樣，可能中毒或是被車撞到臟器有破裂，大概率救不活，真的要救牠也會吃很多苦，安樂死吧。」

接下來一整天的工作我都心神不寧。

箱子放在我身後的桌上，兜風鼠蜷在箱子角落，睜著眼睛，一動不動。

「急救站真的不收喔？」我弱弱的問。

「真的不收啊。」

「可是我跟兜風鼠說我要幫牠了。」

「那你把牠帶回去養。」

「我家沒辦法養老鼠。」

「那就安樂死吧。」又是這一結論。

我默默回到手邊的工作，把動物的浸液組織一一貼上標籤。

「牠很痛所以動不了吧，」標本師說，「不然怎麼可能那麼簡單被你抓到，最好是有那麼乖啦。」

「可是牠會兜風。」我說了一句沒什麼道理的話。

「兜風？牠只是想逃跑可是又沒力，跳不出來吧。」

大腦是一座迷宮，在那些曲折繁複的皮層裡，各種訊號逡巡奔竄。

人類繪製了大腦的地圖，標明了哪個區塊負責語言、聲音、肢體，還有錯綜複雜的情緒。

有人說，左腦是理性的，右腦是感性的，兩個半腦以胼胝體相連，交叉控管人體的左右半邊。

我看著兜風鼠，老鼠的腦袋也是這樣的嗎？牠那小小的頭蓋骨裡面，是否也有半顆感性的右腦，曾經不著痕跡的感動過？

到了下午，兜風鼠開始抽搐。

牠維持著一直以來的姿勢，縮在角落，每抽搐一次就縮得更緊一點。

「看吧，牠中毒了。」

「安樂死吧，牠這樣真要救也救不活。」

「你看牠抖成這樣那麼痛苦。」

我艱難地認同了標本師的話，用玻璃瓶把兜風鼠輕輕罩住，準備送去安樂死。兜風鼠沒有逃跑，也沒有反抗，靜靜看著透明的玻璃把牠與世界隔開。我的左眼泛起一滴不理性的淚。

「安樂死完把牠拿去冷凍吧，你之後有空再把牠剖了，看看牠哪裡有問題。」

兜風鼠還在冷凍櫃中，一直沒有處理。

我害怕剖開牠的毛皮，取出肉體，劃破腹腔，在牠那小小的臟器翻找，找到牠如此乖巧的證據。證明牠的善解人意、證明我的一廂情願、證明牠的逃跑和我的兜風。

兜風鼠的髮型，是兜風的相反。

屍體

下課後蹬著腳踏車一路爬坡，無意間瞥到路邊一坨垃圾一般的東西。

我把單車停下鎖上，蹲下查看這坨垃圾，是一隻很明顯已經死亡的白鼻心，但或許，牠只是睡著了。

「喂！」我喊牠，白鼻心沒有回應，但牠鼻頭凝固的血塊早已給出答案。

「喂！」這次回答的是囓咬舌頭的舉尾蟻。

「喂！」最後回答的是打在圓睜的眼珠裡的雨滴。

無明顯外傷、眼鼻出血、肛門鬆弛，我在路殺社的網站如此敘述，通報完的我呆楞在雨中，不知道該如何處理已死的白鼻心。這時由遠處走來一位剛下班的阿伯，聽我敘述後，他熱心的找來一個過小的紙箱，發現裝不下屍體後又找來一個過大的紙箱，如此來回兩次後他再次消失，然後開著車出現，載著我和屍體到學校後山，下車後從後車廂變出一柄園藝用的小鏟子，然後與我在雨中把白鼻心葬了。

少了活物的肌肉的拉扯與掙扎，屍體變得好輕。

兩年前的那個夜晚，在葬了白鼻心之後我留下了這段文字，緬懷一次遺憾的相遇。我為牠難過、為牠悲傷、想為牠做點什麼卻又不知所措，於是我只能哀悼。

然後有一天我突然發現，我失去了這樣為單一個體哀悼的能力。

大概是在見識到特生中心的冰箱後有了這樣的轉變。數不清的巨大冷凍櫃，或站或臥，被填滿了各種各樣已死的動物。

每天早上，將屍體從凍櫃中取出，填寫資料，測量形質，然後開始剝皮。劃開胸骨末端到下腹部，對稱剝皮，推出後肢、抽尾巴、脫外套般的褪出胸腔前肢脖子，最後一刀一刀，割開耳殼眼皮嘴唇鼻軟骨，刀鋒一震，斬斷巴著皮的組織，頭顱轟然下落，仰望我手中擺盪的皮張。

一切都太快了，在來得及和手中的動物產生情愫之前，牠便已經被以棉花填充，重新縫合，標上編號準備典藏。

下一隻動物馬上從冷凍櫃中取出，在托盤上退冰，這裡的屍體實在太多了，真的太多了，若要一一為其哀悼，那將要榨乾多少人的情感，因此我只能僵硬地看著眼前的動物，開始剝皮。

動物就像機械，由精密的零件組成，零件經過嚴格的選汰，安裝在不可取代的位置，造就一隻美麗的產物。但優於機械的是，動物不依靠蒸氣或電力驅動，不受齒輪或連桿的限制，牠只依循生的意志。所以牠想低頭就低頭，想抬腳就抬腳，想抽抽耳朵就抽抽耳朵，牠腳步輕快，一身的肌肉自由起伏。

在解剖時不得不讚嘆那每一個精巧的構造。飽滿的肌肉、強勁的韌帶、結實的骨骼和豐滿的脂肪，這些動物歷經長時間的演化，贏得了這座島嶼上的一席之地，但躺在此處的牠們卻敗給了這不友善的環境。

2516 號的刺鼠遭除草機打死，左臀一片血肉模糊，尾巴有規律的切口；3665 號的白面鼯鼠被兩顆喇叭彈命中，一顆貫穿翼膜，一顆嵌入胸骨；4492 號的水鼩溺死於蝦籠陷阱；4196 號的長吻松鼠誤觸高壓電線；4283 號的食蟹獴死於犬隻，皮下多處撕脫傷，頭蓋骨後側碎裂；1531 號的黃鼠狼死在車胎下，身體右側遭到撞擊，肌肉一片殷紅，腹腔大量出血；3816 號的穿山甲被獸夾夾斷右掌，即便被送進急救站也無力回天，死的時候胃裡只有兩顆多樣寡家蟻的頭部。

雖然已經無法哀悼，更也無力哀悼，但我想我還是能做到最簡單的記錄，為這些失去話語的生靈，拼湊牠們生前的記憶。

（動物的標本號已經過加密。）

註：穿山甲、水鼩爲二級保育類動物，食蟹獴爲三級保育類動物，以上標本由公家單位典藏，非私人持有。

山路

謝季恆來了則訊息，找我去處理一隻麝香貓，讓我得以記錄另一隻麝香貓的故事。

臺北的交通搞得我又遲到了，我實在無法理解地圖上那些被道路恣意切割的圖塊，所以立在交通壅擠的路口頻頻轉頭，撞上轉彎來車憤怒的大燈。

拿出手機，看到謝季恆傳來的一則訊息，「快來，很臭。」她這麼說。

好的，我正在盡我所能倉皇穿越人群。

進到標本室，在謝季恆抱怨的話出口之前，我就聞到了那股味道。腐肉、屍水、混合靈貓科肛門腺獨有的氣味，那參雜的結果溫潤、黏稠，成膏狀散布在空氣中，一不小心沾上了，便緩緩地蠕動著滲進眼窩鼻孔口腔，慢吞吞觸碰喉頭以致發出一聲乾嘔。

麝香貓躺在托盤上，體型碩大，毛髮沾滿了細小砂石，左側腹破了一個大洞，洞口溢出了半截腸子。

「怎麼來的啊這隻?」我問。

「有個學長看到有回報路殺麝香貓在貢寮，遺體只是移到路邊沒有撿拾，就半夜騎機車衝出去把牠帶回來，超熱血的。」謝季恆回答，「因為我們是博物館，所以可以合法持有保育類。」

「貢寮啊……好遠，難怪那麼臭。」我用手戳了戳麝香貓的後腿，肌肉在我的指尖下塌陷，「都已經開始腐敗了。」

麝香貓被反覆蹂躪，第一次的撞擊致牠於死，在那之後的車胎輾壓折斷肋骨、擠迫內臟，使得皮張無法承受，從較薄的地方爆破出裂口。我從這個裂口下刀，開始進入這隻麝香貓。

動物的肉體是一座叫人讚嘆的山。

骨骼是岩石、肌肉是土壤、覆蓋全身的毛髮是搖曳的高草叢；鼻孔呼出風、喉頭響起雷、奔騰的血液是日夜流淌的溪水。

而那兩隻眼睛，肯定就是絕美的月吧。它會在耀眼如陽光的汽車大燈前，反射出明毯瑩瑩的亮光，愣愣地看著汽車繼續前行，駛過這座山。

剝皮的進程並沒有預想的順利，屍體腐敗的程度太高，肌肉沾黏得很嚴重，加上腹腔破裂，那一大串的內臟總是擺來盪去，實在礙事。受不了了，我決定把內臟通通掏出來。把手伸進麝香貓體內，在那潮濕的腹腔中尋找方位，一刀割斷食道，然後大把大把的拉出內臟，把那些紅色的、黃色的、紫色的、黑色的臟器堆砌在托盤上。裝滿食物的胃躺在正中間，纏繞的腸盤在一旁，腐敗的肝臟在我的指尖爛成稀泥，裡頭漂浮著烏黑的膽囊。

手掌握住了一個不尋常的物體，滑溜、有彈性，不似任何我接觸過的手感，拉出來仔細端詳，是個粉紅色的肉塊，形狀怪異，看不出是什麼。我擺弄肉塊上突出的肉芽，赫然發現肉芽末端小小的分岔，源自於一條未發育完全的腿，腿的主人是連著胎盤的胎兒。

我又從母獸體內挖出兩個胚胎，總共三隻，是麝香貓最普遍的胎兒數。母獸巍峨的軀體曾揣著牠們，準備要給牠們全世界。

刀刃繼續遊走，貼著肋骨，順著脊椎，掠過肩胛，沿著橈尺骨往下，斬斷指節，再環狀繞圈經過頸部，抵達頭顱，如開闢一條入山的路。

無論刀鋒再利、刀刃再薄，已經分開了的就不可能再合起來。麝香貓在我的刀下被分割、拆解、崩潰成散件，最後被分裝在十三個容器，只留下簡單的標籤為後人引路。

—麝香貓 毛皮

—麝香貓 骨骼

—麝香貓 後腿 外寄生蜱

—麝香貓 後腿 蠅卵

—麝香貓 口腔 蠅卵
—麝香貓 胚胎與環狀胎盤 三個
—麝香貓 胃內含物 鉤盲蛇
—麝香貓 胃內含物 蚯蚓
—麝香貓 胃內含物 蜈蚣目
—麝香貓 胃內含物 蜚蠊目
—麝香貓 胃內含物 鞘翅目
—麝香貓 胃內含物 直翅目
—麝香貓 胃內含物 木質纖維

回家的路上，看到路邊立著的一個警語，「請勿踐踏花木」，紅色的大字這樣表示。

我聞著身上沾染的腐屍味，一邊心想，應是道路踐踏了花木，而人們啊，只是踩著道路上的動物屍體一路前行罷了。

註：麝香貓爲二級保育類動物，已交予公家單位典藏，非私人持有。

檢傷

謝季恆又來了訊息，找我剖一隻白鼻心，說是要上節目。

「哇嗚，所以我人生第一次上電視就是滿手血肉模糊嗎？」

「沒錯喔！明天準時來，動物已經放冷藏退冰了。」

到底為何要解剖啊？有人質問我。我努努嘴，說，生者不在，死者含冤，我只能請求屍體的許可，讓刀帶領我，卸下毛皮，露出肌肉，發現那些不見於外的傷痕，做一名亡靈的代言人。

白鼻心，幼獸，公，1.38 公斤，25.01608,121.54162，外觀完整，無明顯外傷，死因不明，2020 年 12 月 28 日。

時間在這隻白鼻心身上凝固了，自兩年前冰箱門關上的那瞬間。一直到今天，牠躺在冰冷的托盤上，時間才隨著結塊的血液溶化。隨著我的手與我的刀，軀體順從的翻滾，完成此生最後一舞，向我重現牠生命的最後五分鐘、十分鐘、二十分鐘或更久。

那段惡夢般的時間。

幼獸頂著十二月的風，下了樹，即便換上了蓬鬆的長毛，牠還是顯得過瘦了，不如其他圓臉大屁股的靈貓，由厚厚的脂肪包裹，牠只比一隻松鼠大不了多少。幼獸在地面上巡了一陣，找到幾隻蛞蝓，胡亂吞下肚了。幼獸還是餓，大著膽子踏離樹一步，隨即牠就聽見了，聽見了逼近的碎蹄、聽見了震天響的狂嚎、聽見了降落在背上的溫熱喘息。

持手術刀片一葉，挑破白鼻心掌根皮膚，再從這小小的缺口灌入高壓空氣。空氣竄入皮與肉間的間隙，整張皮如氣球般鼓脹，卻很快颼颼的洩了氣，從左側背部的一個小孔。小孔有不平整的邊緣，如失聲尖叫的嘴，排出無語的訊息。我捧起白鼻心，讓牠四腳朝天仰躺在托盤中，右後腿卻歪歪斜斜，往外畫出了不自然的角度，啊，骨折了，我想。

獵者的顎強而有力，緊緊鉗住幼獸的背脊，幼獸翻轉、扭動，死活都掙脫不開，每一次的動作都只是讓獵者犬齒穿刺的傷口被撕裂得更大一點。獵者成群而來，團團把幼獸包圍，發出歡愉的狺狺聲。幼獸還未掙脫，後腿便被另一副狂顎鎖住，拽著牠拖行，更多副牙齒戳向牠的肩胛、前肢、背脊、腹肚、臀部、尾巴，幼獸用爪耙地，耙到爪子都裂了，卻還是掙不開、逃不走，成了某樣廉價的咀嚼玩具。

獸皮很快就剝了下來，露出滿目瘡痍的肉體，那些在被長毛包覆，肌肉和結締組織嚴加保守的秘密展現在燈光下。胸腔、右後腿大量出血，肋骨、右大腿骨斷裂，全身多處穿刺傷。我看著坑坑疤疤的獸皮和屠體，給出毫無懸念的判決，犬殺。

幼獸傾倒在地，一獵者咬住牠的腹部，把牠銜起，強大的剪力壓斷肋骨，破壞肺臟，吸進的空氣只淤積成一個個血泡泡，在胸腔打轉。幼獸還不想死，牠還想活到下一個榕果成熟的季節，還有下下一個榕果成熟的季節，屆時有滿樹的果子和滿樹的狸，一家子大大小小懸掛在柯枝。幼獸不願死，牠張大口想呼吸，一次、再一次、然後再再一次，活著不就是連續不斷吸吐吸吐循環如此的簡單嗎？牠張大口想呼吸，想咬住生的希望，卻頹然墜地，咬了一嘴濕泥。

解剖過後幾天，我在捷運上打下以上文句，然後發布在臉書，作為簡單的工作記事，發完文就去睡覺了。

隔天早上沒課，迷迷糊糊睡到中午才被陽光晒醒，我點開手機，看見這篇貼文的按讚、留言與分享數正在發狂的成長——至少對我而言，對我這樣一個臉書只是用來發發廢文和看網路迷因的人而言。

接下來的時間，我醒著的時候，只要一有空就掏出手機，打開臉書介面，下拉螢幕重新整理，看看這篇貼文又多了幾個讚和分享。我一篇一篇的審視，誰分享了我的貼文、分享時說了什麼、分享後的貼文又在何處獲得了什麼留言。

然後我理解到觀眾要的是什麼。犬殺的議題爭吵已久，但網路上罕有以解剖驗傷者的視角出發，同時投入較多情感渲染的紀錄。觀眾想要血，想要傷痕，想要斷裂的腿骨，想要看見一切不公不義的暴力行徑被用文字赤裸的揭露。

「這文筆高潮了。」

「文字叫人幾乎讀不下去……QQ」

「我心碎了，支持流浪狗全面撲殺（附上一個骷髏符號）。」

「小時候看的動物文學都弱掉了。」

我閱讀這一則又一則的留言，享受其中的某一種認同，某一種同仇敵愾。文章每一次被轉發閱讀，我就拎起已死的白鼻心屠體在手中華麗地揮舞，展示牠那內出血的淤紅和橫紋肌溶解的死白，潑灑牠的血液和臟器汁水，招來群眾的掌聲。掌聲是個好東西，掌聲讓人愉悅、讓人被看見、讓人享受不易取得的關注。我打算幫這隻幼獸立傳，分成十二集，在網路上每周連載，我可以持續群眾對於議題的憤怒情緒，同時，你知道的，從中嘗點甜頭。

我打開電腦，準備打下第一行字，在腦中重新翻動幼獸無皮的屍體，卻在與幼獸對望時愣住了，牠泛白的黑眼珠在質問我，究竟為誰而寫、為何而寫，是否有必要將牠這樣的一個個案作為煽情的工具，一再的鞭笞，挑弄觀眾的情緒。我是真心想為犬牙亡者發聲，或是只是貪婪的想獲得群眾的注視？

幼獸眼神犀利，檢視我腦中的一道深溝，深溝被我的慾望越撕越大，渴望被臉書愚蠢的讚、哭臉和驚訝臉填滿。

我闔上電腦，關掉臉書的貼文通知，無比艱辛地，試圖縫合這道傷口。

後記

我走出臥龍洞，坐在一棵倒木上，身上日花紛飛。

「怎麼說呢？總覺得有點狂妄吧。」我說。「文組的人寫自然，山裡的人寫海。」

「你一定要把這句話放進書裡。」同行的朋友這樣說，語氣堅定。

進過幾次劇場不能說是劇場人、畫完幾張圖不能算是畫家、剖過幾隻動物不能稱做標本師，那出版一本書能算是作家嗎？我從來不敢這樣自稱，我只是提起好幾個半滿的水瓶，試圖讓他們撞出什麼花來。我是旁觀者、是介入者，是一個永遠的外人，在各個圈子的邊緣徘徊張望，盡我所能的觸碰「自然」這個文本。

這本書的寫作橫跨了三年，校稿時，我一次次回望我曾經的文句（和錯字），一邊想著那些被改變和沒被改變的東西——巨石下的蟻塚已經被溪水帶走、展好鰭的絲鰭鱈送進研究單位典藏、兜風鼠還在冰箱、雨中的穿山甲將在下周一解剖，而我再也寫不出如山野豬這樣的文字，但依然渴求著自然文本。

在關於書的一切都還不明朗時，我就對後記有了明確的想像，我得好好感謝所有成就這本書的人，這一定會是一份長長的名單，或是說，是一次專業劇場的舞臺謝幕。

感謝我的家人們給我的支持，他們也給了我一個很棒的名字——我出生那年埔里豪雨釀災，守護盆地的群山像是被鞭笞過一樣，流淌著泥黃的血，土石流吞沒房舍馬路。於是他們讓我在每一次報上自己的名字時都謹記，敬畏山峰。

感謝農業部生物多樣性研究所（原特有生物研究保育中心）張仕緯組長、善理姐、光隆哥、標本師宥綺。因為奇妙的緣分我們相遇了，也因此我能有幸獲得這樣珍貴的實習經歷。

感謝生多所合歡山研究中心的姚正得主任，給過我的工作、指導、協助，還有酒局。

感謝中興大學森林系野生動物保育與管理實驗室陳相伶老師，讓我有參與野生動物調查的實習機會。

感謝李昀陞，他是我的國中同學，我們在還不懂得害怕的年紀走進埔里的荒山莽林。

感謝詹祐瑋、蘇皇睿、李維林、李紹墉、李承澔、林兆恩，他們是我高中國樂社的朋友們，在那段灰色的都市生活裡，他們給了我不同的生活色彩——尤其是林兆恩，是他帶著我養螞蟻，並讓我走近漁港下雜，因而開啟了全新的視野。

感謝黃冠鳴、沈辰祐、陳翌庭、陳翊心、鄭育新、潘宣志、劉奕祥，這些是和我一起存在在劇場裡的大學朋友們，也是傳奇廚房的受惠與受害者。

感謝謝季恆，這傢伙是RPG裡面的NPC，專門派發奇妙的任務給我，現在我的畫面右上角還有好多未解的任務，等著我去執行。

感謝花鱸王 Victor Tang、烏鯊王 Terry Ng、鰻魚王黃建福、牙醫陳昱丞、綠毛劉宇桁，這些人穿著各色的雨鞋，和我在一籃子一籃子下雜仔之中翻攪。

感謝大溪漁港的陳大哥和阿飛，一次次回應我遠遠的招呼，讓我在漁港下雜挑挑揀揀。

感謝臺大生科系帶我上無名山嶺的王舒平，還有師大生科系把相機借我的孔繁榮。

感謝劉芷辰、柯舒語、鄢予晴、紀雅曼、黃柔瑄、許鋒詮、傅宇軒、Ace Amarga、陳懿萱、謝承穎（大大）、Basaw、洪松齡，這些人像日花一樣，給過我突然而零星的曜目閃光。

感謝政霖兄，讓我走上了寫作這條路。

感謝總編碧玲姐和大塊出版社的晁銘兄，我絕對不是一個好的寫作者，在這段路上給了我很多的包容，也因為他們，這本書得以出現於此。

最後，感謝所有和我交手過的動物。

二零二四年，一月五日，林敬峰。

附錄

		中文名	台文名	學名
哺乳綱	偶蹄目	臺灣野豬	山豬（suann-ti）	*Sus scrofa*
		臺灣山羌	羌仔（kiunn-á）	*Muntiacus reevesi*
		臺灣野山羊	山羊（suann-iûnn）	*Capricornis swinhoei*
	食肉目	臺灣黑熊	黑熊（oo-hîm）	*Ursus thibetanus*
		白鼻心	果子猫（kué-tsí-bâ）	*Paguma larvata*
		麝香貓	七節猫（tshit-tsat-bâ）	*Viverricula indica*
		鼬獾	臭猫仔（tshàu-bâ-á）	*Melogale moschata*
		黃鼠狼	竹筒猫（tik-kóng-bâ）	*Mustela sibirica*
		食蟹獴	棕簑猫（tsang-sui-bâ）	*Herpestes urva*
	嚙齒目	溝鼠	烏鼠（oo-tshí）	*Rattus norvegicus*
		鬼鼠	山貉（suann-hô）	*Bandicota indica*
		刺鼠	白腹仔（pe̍h-pak-á）	*Niviventer coninga*
		白面鼯鼠	飛鼠（pue-tshí）	*Petaurista alborufus*
		長吻松鼠	膨鼠（phòng-tshí）	*Dremomys rufigenis*
	鼩形目	水鼩	水鼠（tsuí-tshí）	*Chimarrogale himalayica*
		臺灣鼴鼠	鼢鼠（bùn-tshí）	*Mogera insularis*
	鱗甲目	穿山甲	鯪鯉（lâ-lí）	*Manis pentadactyla*
	翼手目	臺灣大蹄鼻蝠	夜婆（iā-pô）	*Rhinolophus formosae*
		臺灣葉鼻蝠	夜婆（iā-pô）	*Hipposideros armiger*
		東亞游離尾蝠	夜婆（iā-pô）	*Tadarida insignis*
	靈長目	智人	人（lâng）	*Homo sapiens*

附錄臺文羅馬字根據教育部臺灣閩南語羅馬字拼音方案爲標準製成

<table>
<tr><th></th><th></th><th>中文名</th><th>台文名</th><th>學名</th></tr>
<tr><td rowspan="13">鳥綱</td><td>鷹形目</td><td>大冠鷲</td><td>鹿紋（lo̍k-bûn）</td><td>Spilornis cheela</td></tr>
<tr><td rowspan="3">鴴形目</td><td>大杓鷸</td><td>塗礱鉤仔（thôo-lâng kau-á）</td><td>Numenius arquata</td></tr>
<tr><td>鳳頭燕鷗</td><td>海燕仔（hái-ìnn-á）</td><td>Thalasseus bergii</td></tr>
<tr><td>高蹺鴴</td><td>躼跤仔（lò-kha-á）</td><td>Himantopus himantopus</td></tr>
<tr><td>雞形目</td><td>臺灣竹雞</td><td>竹雞（tik-ke）</td><td>Bambusicola sonorivox</td></tr>
<tr><td>鴷形目</td><td>五色鳥</td><td>花仔和尚（hue-á-huê-siūnn）</td><td>Psilopogon nuchalis</td></tr>
<tr><td rowspan="4">雀形目</td><td>紅嘴黑鵯</td><td>山烏鶖（suann-oo-tshiu）</td><td>Hypsipetes leucocephalus</td></tr>
<tr><td>樹鵲</td><td>咖咖仔（ka-ka-á）</td><td>Dendrocitta formosae</td></tr>
<tr><td>臺灣紫嘯鶇</td><td>烏磯（oo-ki）</td><td>Myophonus insularis</td></tr>
<tr><td>大捲尾</td><td>烏鶖（oo-tshiu）</td><td>Dicrurus macrocercus</td></tr>
<tr><td>鵜形目</td><td>小白鷺</td><td>白翎鷥（pe̍h-līng-si）</td><td>Egretta garzetta</td></tr>
<tr><td rowspan="3">鴞形目</td><td>鵂鶹</td><td>鵂鶹（hiu-liû）</td><td>Glaucidium brodiei</td></tr>
<tr><td>領角鴞</td><td rowspan="2">貓頭鳥（niau-thâu-koo）</td><td>Otus lettia</td></tr>
<tr><td></td><td></td><td>黃嘴角鴞</td><td>Otus spilocephalus</td></tr>
<tr><td rowspan="6">爬蟲綱</td><td rowspan="6">有鱗目</td><td>黑眉錦蛇</td><td>錦蛇（gím-tsuâ）</td><td>Elaphe taeniura</td></tr>
<tr><td>中華眼鏡蛇</td><td>飯匙銃（pn̄g-sî-tshìng）</td><td>Naja atra</td></tr>
<tr><td>紅斑蛇</td><td>紅節仔（âng-tsat-á）</td><td>Dinodon rufozonatum</td></tr>
<tr><td>雨傘節</td><td>簸箕甲（puà-ki-kah）</td><td>Bungarus multicinctus</td></tr>
<tr><td>龜殼花</td><td>龜殼花（ku-khak-hue）</td><td>Protobothrops mucrosquamatus</td></tr>
<tr><td>赤尾青竹絲</td><td>青竹絲（tshenn-tik-si）</td><td>Trimeresurus stejnegeri</td></tr>
</table>

		中文名	台文名	學名
昆蟲綱	鞘翅目	福建舖糞蜣		*Copris fukiensis*
		臺灣側裸蜣螂	牛屎龜（gû-sái-ku）	*Paragymnopleurus ambiguus*
		三胸突衍彰形潔蜣		*Onthophagus trituber*
		豆芫菁	紅頭師公（âng-thâu-sai-kong）	*Epicauta hirticornis*
		六鰓扁泥蟲屬物種	水錢（tsuí-tsînn）	*Mataeopsephus sp.*
	膜翅目	吉悌細顎針蟻		*Leptogenys kitteli*
		希氏巨山蟻		*Camponotus siemsseni*
		臭巨山蟻		*Camponotus habereri*
		哀愁棘山蟻		*Polyrhachis moesta*
		黑棘山蟻		*Polyrhachis dives*
		疣胸琉璃蟻		*Dolichoderus thoracicus*
		花居單家蟻	狗蟻（káu-hiā）	*Monomorium floricola*
		雙脊皺家蟻		*Tetramorium bicarinatum*
		臺灣痕胸家蟻		*Crematogaster rogenhoferi*
		多樣寡家蟻		*Temnothorax taivanensis*
		相鄰寡家蟻		*Carebara diversa*
		皮氏大頭家蟻		*Pheidologeton affinis*
		寬節大頭家蟻		*Pheidole pieli*
		懸巢舉尾蟻	翹尾仔狗蟻（khiàu-bué-á káu-hiā）	*Pheidole nodus*
	雙翅目	四斑柄眼蠅		*Teleopsis quadriguttata*
		盂蠅屬物種		*Bengalia sp.*
軟甲綱	毛翅目	長鬚石蠶屬物種		*Ecnomus sp.*
	十足目	正櫻蝦	花殼仔（hue-khak-á）	*Lucensosergia lucens*
		東方異腕蝦（牡丹蝦）	蝦母（hê-bó）	*Heterocarpus hayashi*
		塔形石蟹		*Lithodes turritus*

		中文名	台文名	學名
盲鰻綱	盲鰻目	布氏黏盲鰻	無目鰻（bô-ba̍k-muâ）	*Eptatretus burgeri*
軟骨魚綱	銀鮫目	黑線銀鮫		*Chimaera phantasma*
		箕作氏兔銀鮫	白魚虎（pe̍h-hî-hóo）	*Hydrolagus mitsukurii*
		非洲長吻銀鮫		*Rhinochimaera africana*
	真鯊目	梭氏蜥鯊	鯊條仔（sua-tiâu-á）	*Galeus sauteri*
	角鯊目	斯普蘭汀烏鯊	角鯊（kak-sua）	*Etmopterus splendidus*
	扁鯊目	臺灣扁鯊	鱟鯊（hāu-sua）	*Squatina formosa*
	鰩目	尖棘甕鰩	魴仔（hang-á）	*Okamejei acutispina*
	電鱝目	日本單鰭電鱝	麻魴（muâ-hang）	*Narke japonica*
條鰭魚綱	鰻形目	灰海鰻	錦鰻（kím-muâ）	*Muraenesox cinereus*
		繁星糯鰻	白鰻（pe̍h-muâ）	*Conger myriaster*
		奧氏合鰓鰻		*Synaphobranchus oregoni*
		長鯙	紡車索（pháng-tshia-soh）	*Strophidon sathete*
	背棘魚目	長吻背棘魚		*Notacanthus abbotti*
	水珍魚目	鹿兒島水珍魚		*Argentina kagoshimae*
		雙色黑頭魚		*Alepocephalus bicolor*

		中文名	台文名	學名
條鰭魚綱	軟腕魚目	日本軟腕魚		*Ateleopus japonicus*
	仙女魚目	黑緣青眼魚		*Chlorophthalmus nigromarginatus*
		小鰭鐮齒魚	那個魚（nà-kô/nà-kô-á）	*Harpadon microchir*
		多齒蛇鯔	狗母梭（káu-bó-so）	*Saurida tumbil*
		日本光鱗魚		*Lestrolepis japonica*
	金眼鯛目	前肛管燧鯛		*Aulotrachichthys prosthemius*
		達氏橋燧鯛	紅皮刀舅（âng-phuê-to-kū）	*Gephyroberyx darwinii*
		日本松毬魚		*Monocentris japonica*
	鯉形目	纓口臺鰍	石貼仔（tsio̍h-thiap-á）	*Formosania lacustre*
	鼬魚目	橫帶新鼬鳚	海鯰仔（hái-liâm）	*Neobythites fasciatus*
		黑潮新鼬鳚		*Neobythites sivicola*
		纖尾錐齒隱魚		*Pyramodon ventralis*
	鱈形目	窄吻腔吻鱈		*Coelorinchus leptorhinus*
		日本小褐鱈	海鯰仔（hái-liâm）	*Physiculus japonicus*
		喬丹氏短稚鱈		*Gadella jordani*
		絲鰭鱈屬物種		*Laemonema sp.*
	刺魚目	鷸嘴魚屬物種		*Macroramphosus sp.*
		中華管口魚		*Aulostomus chinensis*
	月魚目	勒氏皇帶魚	地動魚（tē-tāng-hî）	*Regalecus russelii*
	鯔形目	鯔	烏仔魚（oo-á-hî）	*Mugil cephalus*

綱	目	中文名	台文名	學名
條鰭魚綱	鮟鱇目	阿部單棘躄魚	五跤虎（gōo-kha-hóo）	*Chaunax abei*
		費氏棘茄魚	紅水雞（âng-tsuí-ke）	*Halieutaea fitzsmonsi*
	燈籠魚目	燈籠魚科		*Myctophidae*
	鮋形目	絨鮋		*Erisphex simplex*
		石狗公	石狗公仔（tsio̍h-káu-kang-á）	*Sebastiscus marmoratus*
		單指虎鮋		*Minous monodactylus*
		短鯒	紅牛尾（âng-gû-bué）	*Parabembras curtus*
		黑角魚	國光（kok-kong）	*Chelidonichthys kumu*
		尖棘角魚		*Pterygotrigla hemisticta*
		粗吻棘角魚	角仔（kak-á）	*Pterygotrigla cajorarori*
		長吻棘角魚		*Pterygotrigla macrorhynchus*
		瑞氏紅魴鮄		*Satyrichthys rieffeli*
		闊頭紅魴鮄	龍角（lîng-kak）	*Satyrichthys laticeps*
		方吻叉吻魴鮄		*Scalicus quadratorostratus*
		皮氏豹魴鮄		*Dactyloptena peterseni*
		大頭隱棘杜父魚		*Psychrolutes macrocephalus*
	鯰形目	線紋鰻鯰	沙毛（sua-moo）	*Plotosus lineatus*
	巨口魚目	帶紋雙光魚		*Diplophos taenia*
		棘銀斧魚		*Argyropelecus aculeatus*
		閃電燭光魚		*Polyipnus sterope*
		長刀光魚		*Polymetme elongata*
		巨口魚		*Stomias affinis*
		白鰭袋巨口魚		*Photonectes albipennis*
		斯氏蝰魚		*Chauliodus sloani*

		中文名	台文名	學名
條鰭魚綱		印太星衫魚		*Astronesthes indopacificus*
		黑柔骨魚		*Malacosteus niger*
		柔身纖鑽光魚		*Sigmops gracilis*
	魨形目	擬三棘魨	三角釘（sann-kak-ting）	*Triacanthodes anomalus*
		腹紋叉鼻魨		*Arothron hispidus*
	鱸形目	灰軟魚	大目仔（tuā-ba̍k-á）	*Malakichthys griseus*
		天竺鯛屬物種		*Apogon sp.*
		絲鰺	白鬚公（pe̍h-tshiu-kong）	*Alectis ciliaris*
		藍圓鰺	硬尾仔（ngē-bué-á）	*Decapterus maruadsi*
		鰏屬物種	三角仔（sann-kak-á）	*Leiognathus sp.*
		黃背牙鯛	赤鬃（tshiah-tsang）	*Dentex hypselosomus*
		黑斑緋鯉	紅秋姑（âng-tshiu-koo）	*Upeneus tragula*
		日本五棘鯛	打鐵婆（phah-thih-pô）	*Pentaceros japonicus*
		印度棘赤刀魚	紅帶魚（âng-tuà-hî）	*Acanthocepola indica*
		多橫帶擬鱸	海狗鮎仔（hái-káu-gâm-á）	*Parapercis multifasciata*
		日本騰	尿甕（jiō-àng）	*Uranoscopus japonicus*
		基島深水鰤		*Bathycallionymus kaianus*
		刺臭肚魚	臭肚（tshàu-tōo）	*Siganus spinus*
		白帶魚	白魚（pe̍h-hî）	*Trichiurus lepturus*
		白腹鯖	花飛（hue-hui）	*Scomber japonicus*

國家圖書館出版品預行編目 (CIP) 資料

山獸與雜魚 / 林敬峰著 . -- 初版 . -- 臺北市 : 大塊文化出版股份有限公司 ,
2024.02 面 ;　公分 . -- (walk ; 32)

ISBN 978-626-7388-27-3(平裝)

863.55　　112021500

LOCUS

LOCUS

LOCUS

LOCUS